Patricia Strunk

Geschichten aus dem Garten

Erlebnisse mit Eichhörnchen, Füchsen & Co.

Über die Autorin

Patricia Strunk, Jahrgang 1971, lebt in Berlin und arbeitet als Rechtsdozentin. Als Autorin ist sie vorrangig in der fantastischen Literatur zu Hause. Bislang hat sie in diesem Genre fünf Romane und ein Spielbuch veröffentlicht sowie diverse Kurzgeschichten, vor allem in den Anthologien von Qindie.

In ihrer Freizeit hantiert die Autorin gern mit Schere, Unkrautstecher und Schaufel in ihrem Garten, geht Wandern oder reist durch die Weltgeschichte.

Sie ist Mitglied im Selfpublisher-Verband und bei Qindie.

Weitere Informationen unter www.patriciastrunk.com.

Patricia Strunk

Geschichten aus dem Garten

Erlebnisse mit Eichhörnchen, Füchsen & Co.

Bibliographische Information der Deutschen
Nationalbibliothek:
Die Deutsche Nationalbibliothek verzeichnet diese
Publikation in der Deutschen Nationalbibliographie;
detaillierte bibliographische Daten sind im Internet über
http://dnb.dnb.de abrufbar.

Patricia Strunk, Geschichten aus dem Garten, Erlebnisse
mit Eichhörnchen, Füchsen & Co.
Originalausgabe
© 2023 Patricia Strunk
Alle Rechte vorbehalten.
Covergestaltung, Satz & Layout: Patricia Strunk
Coverabbildung & Illustrationen: Patricia Strunk by KI
(Midjourney)
Herstellung & Verlag: BoD – Books on Demand,
Norderstedt
ISBN: 978-3-744-87477-9

Vorwort

Dieses Buch verdankt seine Entstehung Corona. Zu dieser Zeit arbeitete ich noch als Schlossführerin in den Preußischen Schlössern und Gärten. Weil die Museen zweimal im Lockdown waren, saß ich monatelang (bezahlt) zu Hause und hatte Zeit und Muße, die Vorgänge in meinem Garten zu verfolgen. Irre, was da abgeht! Manchmal legen meine Wildtiere ein ganz schön menschliches Verhalten an den Tag. Besser als jedes Fernsehprogramm und jede Comedy. Mehr als einmal habe ich festgestellt: In meinem Garten macht jeder, was er will!

Aus Spaß schrieb ich über meine Beobachtungen ein paar Beiträge auf Facebook. Die ernteten begeisterte Kommentare. Die Leserschaft verlangte nach mehr. „Mach doch ein Buch draus", schlugen einige vor. Als es immer mehr Geschichten rund um die Wildtiere in meinem Garten wurden (und nicht nur dort), dachte ich mir: Warum eigentlich nicht? Da gab es schließlich noch all die Geschichten aus früheren Jahren, die ich bisher nicht aufgeschrieben hatte, die mir jedoch lebhaft in Erinnerung geblieben sind. Vor allem aber habe ich insgesamt drei Jahre lang meine Erlebnisse mit den Eichhörnchen, Füchsen, Waschbären, Vögeln und Insekten in meinem Garten gesammelt. Insekten? Ja, ihr habt richtig gelesen. Auch mit denen kann man was erleben.

Hier ist es nun – ein kleines Buch für alle Natur- und Gartenfreunde, zum Selbstlesen und Verschenken. Ich hoffe, es bereitet euch Freude und zaubert euch ein Lächeln ins Gesicht. Vielleicht brecht ihr an der einen oder anderen Stelle sogar in schallendes Gelächter aus – wie ich selbst, als ich Zeugin dieser Begebenheiten sein durfte.

Ergänzt werden die Gartengeschichten durch vergnügliche Episoden aus dem Jagdschloss Grunewald, einer meiner beiden Wirkungsstätten als Schlossführerin, und Erlebnissen mit vorwitzigen Tieren auf meinen Reisen.

Für die Illustrationen habe ich mich mangels druckreifer Fotos der KI von Midjourney bedient. Ich wollte keine fremden Fotos, die nicht „meine" Tiere zeigen, und suchte stattdessen nach Bildern, die den Text auf ihre Weise interpretieren. Herausgekommen ist eine Hommage an den Expressionismus – Werke, die den Charme und Witz meiner tierischen Protagonisten widerspiegeln.

Fotos und Videos meiner Wildtiere findet ihr auf meinen Accounts bei Instagram und Facebook. (www.instagram.com/patricia_strunk_autorin/) (ww.facebook.com/patriciastrunkautorin/)

Die Maus im Kellerschacht

Am Anfang war die Maus.

Vor vielen Jahren – es muss an die zwei Jahrzehnte her sein – rettete ich eine Brandmaus (das sind die Waldmäuse mit dem charakteristischen dunklen Streifen auf dem Rücken, die Wikipedia als kurzschwänzige Langschwanzmäuse beschreibt) aus dem Schacht der Kellertreppe. Sie war die Stufen zwar hinabgeklettert, aber hoch schaffte sie es nicht. Nun hockte sie vor der geschlossenen Kellertür und lief auf der Suche nach einem Ausweg verzweifelt hin und her. Ich holte eine Bastmatte, wie man sie am Strand verwendet, rollte sie zur halben Größe aus und breitete sie auf dem Boden des Schachts aus. Die Maus lief auch sofort auf die Matte. Ich richtete mich vorsichtig auf und stieg mit der Matte die Treppe nach oben. Das war meiner Passagierin jetzt aber doch nicht geheuer. Flugs rannte sie meinen Arm hinauf – ihre winzigen Fußballen kitzelten auf meiner Haut – und versteckte sich unter meinen Haaren. Da saß mir doch glatt eine Maus im Nacken!

„Und jetzt, Maus?", fragte ich. „Wie willst du da wegkommen? Ist doch viel zu hoch zum Springen."

Ich hockte mich hin. Da machte sie einen großen Satz in den Rasen und flüchtete in die Büsche.

Seither leben in der zigsten Generation Brandmäuse im Garten und jedes Jahr hatten meine Eltern und ich mit ihnen spaßige Erlebnisse.

Vermutlich wohnten sie schon vorher bei uns, aber bis zu jenem Tag sind sie uns nie aufgefallen.

Revier-Turnier

Im Frühling stecken nicht nur die Amselmännchen ihr Revier ab und kämpfen um die Weibchen, aber in meinem Garten bieten sie zu dieser Zeit eindeutig die beste Show.

Das Grundstück wird auf zwei Seiten von einer langen, sorgsam gestutzten Thujahecke begrenzt. Die Amselmännchen haben sie als Turnierbahn entdeckt. Sie stellen sich in einiger Entfernung voneinander auf, rennen aufeinander zu, heben ab und treffen sich flügelschlagend in der Luft, untermalt von Kampfgeschrei. Diese Performance kann mit den Turnierkünsten mittelalterlicher Ritter locker mithalten, wenn auch nicht so farbenfroh. Aber schon die Reformation hat ja gezeigt, dass Schwarz das neue Bunt ist.

Tanz um die Tulpen

Zu anderen Zeiten schleichen die Amseln umeinander herum und geben vor, am Konkurrenten nicht interessiert zu sein, picken vorgeblich nach Würmern oder wenden Blätter, während sie einander aus dem Augenwinkel genau beobachten. Hin und wieder jagen sie sich ein bisschen, ehe das Spiel von vorne losgeht. Das Ganze geht meist geräuschlos vonstatten, bis schließlich wieder eine Verfolgungsjagd entbrennt. Dann wird der Kontrahent mit lautem „Tschak, tschak, tschak, tschaaaak" bis über die Grundstücksgrenze getrieben, um nicht den geringsten Zweifel daran zu lassen, wer Herr des Gartens ist.

Besonders drollig sah dieses Umeinander-Herum-Schleichen aus, nachdem ich ein neues Beet angelegt hatte und die Fläche bis auf die Tulpen noch leer war. Die Amselmännchen liefen immer um die Tulpen herum, zogen Kreise, Achten und Schleifen, verfolgten den Gegner und wichen ihm aus. Wie in einer einstudierten Choreografie – halb Tanz, halb Kampf.

Badefreuden

Die Amseln lieben es, im italienischen Brunnen auf meiner Terrasse zu baden. Sie können stundenlang darin herumplanschen. Andere Vögel haben aber auch ein Auge auf das Bad geworfen. So kommt es, dass sich manchmal Schlangen bilden wie im Schwimmbad am Sprungturm. Es geht aber weniger danach, wer zuerst da war, sondern, wer in der Hierarchie weiter oben steht.

Wenn die Meisen Erfrischung wollen, müssen sie warten, bis die Amseln fertig sind. So will es die Macht des Stärkeren.

Meisen, Spatzen und Stare sind weniger territorial. Sie verteilen sich um den Brunnen und jeder erhält sein eigenes Bade-Sechstel, -achtel oder -zehntel. Sie sind auch weniger raumgreifend als ihre größeren Artgenossen, so dass das Baden relativ entspannt abläuft.

Umso spektakulärer geht es zu, wenn die Taube kommt – oder gar der Bussard. Die schlagen ein wie eine Bombe. Danach ist kaum noch Wasser im Becken.

Verrückterweise planschen die größten Vögel am liebsten in der Vogeltränke hinten im Garten, die ich eigentlich für ihre kleineren Verwandten aufgestellt habe. Aber die bevorzugen ja den Brunnen, auch wenn sie sich auf der Schräge kaum halten können und ständig ins tiefere Wasser abzugleiten drohen.

Habe ich schon erwähnt, dass in meinem Garten jeder macht, was er will?

Apropos Bombe: Der Bussard ist letztes Jahr derart in mein großes Beet eingeschlagen, dass ich vor Schreck fast vom Stuhl gesprungen bin. Ich dachte, da fällt sonst was vom Himmel. Er hatte wohl eine Maus erspäht, aber die war schneller als er. So saß er also mit leeren Klauen im Beet, in den zerknickten Pflanzen. Na gut, so groß war der Schaden nicht. Die blassrosa Herbstchrysanthemen sind äußerst widerstandsfähig.

Eine Zeit lang lebte hier in der Nähe eine ganze Familie dieser Greifvögel. Erst war es nur einer, dann fand er eine Partnerin und schließlich bekamen die beiden Nachwuchs und zogen zu viert ihre Runden am Himmel. Die klagenden Rufe waren weithin zu hören und die anderen Tiere wie Mäuse, kleinere Vögel und Eichhörnchen blieben alle in Deckung. Einmal klebte ein Eichhörnchen bewegungslos am Stamm unter dem Ast, auf dem einer der Bussarde gelandet war. Man sah förmlich, wie es lautlos ein Mantra wiederholte: *Ich bin ein Zweig ich bin ein Zweig du siehst mich nicht ich bin ein Zweig bitte flieg endlich weg.*

Das tat der Bussard irgendwann auch.

Nach und nach verteilte sich Familie Bussard auf die umliegenden Gebiete, bis es wieder nur zwei waren. Und die sehe und höre ich jetzt auch nur noch sporadisch. Auf dem Sportplatz, wo sie wahrscheinlich ihren Horst hatten, wurden aufgrund eines Bauvorhabens mehrere Kiefern gefällt. Ich glaube, deswegen sind sie umgezogen.

Gerade jetzt badet die Amsel.

Das Eichhörnchen springt auf den Beckenrand.

Verschreckt fliegt Herr Amsel davon und schimpft laut. Das Hörnchen bleibt völlig unbeeindruckt. Es hat Durst und will trinken.

Na, warte, denkt Herr Amsel. *Ich lasse mich doch nicht von einem Eichhörnchen vertreiben!*

Aufgeregt hüpft er in der Rose hin und her, aber im Anflug auf den Brunnen bekommt er Angst vor der eigenen Courage und dreht im letzten Moment ab. Natürlich will er nicht eingestehen, dass er sich nicht traut, sich mit dem Eichhörnchen anzulegen. Er hüpft daher noch ein bisschen herum und fliegt dann mit schrillem Kreischen davon, als hätte man etwas Unsittliches von ihm verlangt.

Oh nein, ich bade NICHT zusammen mit dem Hörnchen! Was für eine Vorstellung! Das haart bestimmt.

Feinschmeckermaus

Eine unserer Mäuse war eine richtige Feinschmeckerin. Kaum saßen wir auf der Terrasse und warfen den Grill an oder buken Waffeln, kam sie zwischen den Rosen oder unter der Kletterhortensie hervor und schnupperte mit vor Verlangen bebenden Barthaaren. Manchmal nutzte sie auch die Aushöhlung im Fuß des Schirmständers als Deckung. Sie wartete artig, bis sie ein Stück Würstchen oder Waffel bekam, und verschwand damit wieder im Beet. Das trug sehr zur Erheiterung bei, wenn wir Gäste hatten. Alle warteten auf das Erscheinen der Maus und hielten schon die Häppchen bereit. Wer hier wohl wen dressiert hatte?

Nah und näher

Ich hatte mir vorgenommen, die Maus zu fotografieren, und legte zu diesem Zweck ein Stück Käsekuchen aus. Die Maus kam auch prompt und schnappte sich den Kuchen. Sie war damit aber so schnell wieder weg, dass ich nicht zu meinem Foto kam. Ich musste mir etwas anderes ausdenken. Diesmal zerkrümelte ich den Käsekuchen. Diese Taktik war von Erfolg gekrönt: Die Maus blieb sitzen, um einen Krümel nach dem anderen zu verzehren, und ich konnte meine Bilder schießen.
Irgendwann war die Maus aus dem Sucher gehuscht. Während ich mich noch abmühte, sie wiederzufinden, kitzelte es an meinem Fuß. Sie war auf meinen Schuh geklettert, als wollte sie sagen: Hier bin ich!
Leider löste die Kamera zu spät aus, um den putzigen Moment festzuhalten.

Die Maus im Haus

Einmal hatte sich eine der Brandmäuse ins Wohnzimmer verirrt. Nun hockte sie ganz verschreckt unter dem Couchtisch und wusste nicht, wie sie wieder nach draußen gelangen sollte.

Kommt euch das bekannt vor? Genau, der Kellerschacht. Neugier treibt die kleinen Nager in ihr Unglück.

Tja, wie die Maus aus dem Haus bekommen? Meine Mutter und ich näherten uns vorsichtig dem Tisch – mit dem Erfolg, dass die Maus unter dem Sofa verschwand. Großartig. Ich ließ mich auf den Knien nieder und spähte unter die Couch. Die Maus kauerte zitternd ganz hinten an der Wand. Da kamen wir nicht ran. Sollten wir das Sofa abrücken und versuchen, die Maus in die Enge zu treiben? Aber wenn wir Pech hatten, würde sie dann irgendwo hinrennen, wo wir sie nicht wiederfanden.

Ich entschied mich dafür, ganz vorsichtig von der linken Seite meine Hand unter die Couch zu schieben und die Maus auf diese Weise hoffentlich Richtung Tür zu treiben. Meine Mutter trat einen Schritt zurück, um den Weg freizumachen. Es funktionierte. Die Maus schoss unter dem Sofa hervor, flitzte in der Deckung des Heizkörpers an der Wand entlang und entkam glücklich durch die Terrassentür ins Freie.

Ich bin mir nicht sicher, wer darüber erleichterter war: die Maus oder meine Mutter.

Die Spatzen vom Jagdschloss

Die Spatzen in meinem Garten sind nicht sehr zahlreich und kein bisschen zutraulich. Sie betteln auch nicht bei Tisch. Ganz anders die Spatzen vom Jagdschloss Grunewald. So ein Schlossspatz hat Ansprüche, der ist das gute Leben gewohnt. Pünktlich um zehn Uhr sind sie da und fordern ihr Frühstück. Und wehe, das gibt's nicht. Dann wird geschilpt, was das Zeug hält. Aber selbst, wenn sie eine ganz Brezel verdrücken, haben sie kurz danach schon wieder Hunger. Sie hocken vor dem Café im Speierling, im wilden Wein, auf Stuhllehnen und leeren Tischen und lauern den Gästen auf. Zuerst rücken sie ihnen auf die Pelle und becircen sie so lange mit ihren schwarzen Knopfaugen und herzerweichendem Gepiepe, bis jemand schwach wird und ihnen Krümel hinwirft. Falls das nichts fruchtet, greifen sie zu drastischeren Methoden. Sobald die Gäste nicht aufpassen, stibitzen sie Kuchen, Brot und Brezeln einfach vom Teller.

Manche geben sich aber auch damit nicht zufrieden. Sie fliegen lieber gleich ins Café, machen sich vor Ort ein Bild von den Leckereien und erarbeiten Strategien, um sie sich zu schnappen. Die Stellen, an denen die Objekte ihres Verlangens stehen und hängen, kennen sie ganz genau. Zum Glück ist der Kuchen hinter Glas und Brezeln und Brötchen mit Tüchern abgedeckt, sonst wäre schon alles weggefressen, ehe der erste

Gast erscheint. Die Spatzen aus dem Innenraum vertreiben zu wollen, ist nämlich eine Sisyphos-Aufgabe. Kaum hat man sie aus einer der beiden Türen gescheucht, kommen sie durch die andere wieder herein.

Wirklich sicher waren allerdings zumindest die Brezeln nicht, wie wir feststellen mussten. Die Spatzen warteten auf den Postkartenständern geduldig auf den Moment ihres Sieges. Als alle Kolleginnen und Kollegen im Café beschäftigt waren, flogen die geflügelten Diebe zu den abgedeckten Brezeln. Das Geschirrtuch hatte ein winziges Loch, was niemandem aufgefallen war – niemandem außer den Spatzen. Sie werteten das als Einladung. Zwei von ihnen pickten einander gegenübersitzend im Wechsel hinein, bis das Loch groß genug war, um an eine der Brezeln zu kommen. Gewusst wie – an Ehrgeiz und Einfallsreichtum mangelt es den gefiederten Gaunern wirklich nicht. Als Gegenmaßnahme wurde umgehend eine durchsichtige Plastikhaube angeschafft. Die Spatzen kommen trotzdem. Schließlich könnte mal jemand vergessen, die Abdeckung über die Brezeln zu stülpen.

Um achtzehn Uhr schließt das Café und das wissen die Spatzen. Auf einmal sind sie weg, egal was da noch auf dem Boden liegt – bis zum nächsten Morgen um zehn Uhr, da sitzen sie wieder vor der Tür.

Letztens war nicht viel zu tun und ich gönnte mir am Nachmittag auf dem Hof einen Cappuccino und ein Stück Birnenkuchen. Leider waren nicht nur im Schloss, sondern auch im Café so gut wie keine Gäste und so gesellten sich bald sämtliche Spatzen zu mir. Sie hockten auf den Lehnen der mir gegenüberstehenden Stühle, rückten auf dem Tisch langsam näher, mich dabei erwartungsvoll hungrig musternd. Ich wollte meinen Kuchen eigentlich gern selbst essen und verteidigte ihn daher tapfer gegen die herandrängende Schar, indem ich den Teller mit der linken Hand abschirmte. Einer der Spatzen war noch vorwitziger als der Rest und versuchte, über meine Hand zu hüpfen. Ich stupste ihn mit dem Zeigefinger der anderen Hand gegen die gefiederte Brust und schob ihn mit dem Handrücken zurück, aber kurz darauf war er schon wieder da.

Vom Eingang rief mich meine Kollegin. Kurz abgelenkt, wandte ich mich um – und bezahlte meine Unvorsichtigkeit mit einem Teil meines Kuchens, denn der dreiste Spatz nutzte die Gunst der Stunde, pickte das Stück, das ich gerade abgeteilt hatte, auf und verschwand damit.

Eine Besucherin hat gar schon kapituliert. Sie war dem gefiederten Ansturm nicht gewachsen, wedelte hilflos mit den Händen und überließ den Spatzen am Ende ihren Teller mit dem restlichen Kuchen.

Ähnlich ging es einmal im Berliner Zoo zu. Vor zwanzig oder mehr Jahren saß ich mit meiner Mutter im Zoorestaurant auf der Terrasse. An einem der Nachbartische hatte ein Mann sich Spaghetti geholt – als einziger. Die Spatzen belagerten ihn immer unbarmherziger. Zum Schluss saßen sie nicht nur auf seinem Teller, sondern auf seinen Armen und sogar auf der Gabel und zogen ihm die Nudeln buchstäblich aus dem Mund. Die Gäste an den umliegenden Tischen waren wie gebannt von dem Schauspiel und amüsierten sich prächtig. Der derartig Belagerte weniger. Er schimpfte und versuchte, die Quälgeister mit der freien Hand zu vertreiben – ohne Erfolg. Schließlich gab auch er auf. Er schob den Teller von sich weg und die Spatzen machten sich heißhungrig über die Spaghetti her, die sie wohl für Würmer hielten.

Hätte es damals schon Smartphones gegeben, wäre das Video dieser Fressattacke bestimmt viral gegangen.

Freche Vögel gibt es natürlich nicht nur in Deutschland. In Durban/Südafrika saß ich 1989 mit meinen Eltern im Café des Botanischen Gartens. Die meisten anderen Tische waren leer. Auf dem Nachbartisch standen ein Milchkännchen und eine offene Schale mit Zucker. Ein schwarzer Vogel mit gelbem Augenring, wahrscheinlich ein Glanzstar, kam angeflogen, lief auf dem Tisch herum und tauchte seinen Schnabel schließlich erst in das Milchkännchen und danach in die Zuckerdose. Falsche Reihenfolge, denn damit klebte er sich den Schnabel so richtig zu. Da war was los! Er hatte schon vorher einen stechenden Blick, aber jetzt sah er so richtig biestig aus. Hüpfte herum und schimpfte, so gut es mit verklebtem Schnabel eben ging. Wir sind vor Lachen fast vom Stuhl gefallen. Das erboste ihn erst recht, aber helfen lassen wollte er sich auch nicht. Irgendwann flog er davon, wahrscheinlich um sich eine Wasserstelle zu suchen. Ich bezweifle allerdings, dass es ihm eine Lehre war.

Noch dreister waren die Glanzkrähen in Sri Lanka. Hm, ob das am „Glanz" im Namen liegt? Glanzstar, Glanzkrähe ... glänzende Unterhaltung boten sie jedenfalls.
Zur Essenszeit belagerten sie die weißblühenden Frangipani hinter den Tischen im Außenrestaurant. Das erinnerte ein wenig an Hitchcock. Einmal hatte ein Pärchen am Nebentisch sich Pfannkuchen geholt. Dann fiel ihnen ein, dass sie etwas vergessen hatten, und sie gingen beide noch einmal zum Buffet. Die Pfannkuchen standen unbeaufsichtigt auf dem Tisch. Ich hörte ein Flügelrauschen. Als ich mich umdrehte, waren die Pfannkuchen weg.
Das Pärchen kam wieder und machte große Augen. Ich deutete in die Bäume und sagte: „Das waren die Krähen. Die diebischen Gesellen haben es auf

Pfannkuchen abgesehen. Die darf man nicht eine Minute aus den Augen lassen."
Die beiden mussten lachen. Diesmal blieb die Frau sitzen, während der Mann neue Pfannkuchen holte, und bewachte den Rest des Frühstücks. Wer weiß, was sonst als nächstes gefehlt hätte.

Wirklich grandios war aber die Szene, als eine solche Glanzkrähe in der Sonne zerlaufene Butter schlemmte und ihr mittendrin die Erkenntnis kam, dass geschmolzene Butter eklig, also so richtig widerlich eklig und abscheulich ist. Wenn eine Krähe das Gesicht verziehen könnte, sie hätte es getan. Sie warf den Kopf hin und her, als würde sie damit die flüssige Butter vom Schnabel schleudern wollen. Ich konnte sie förmlich würgen sehen. Sie suchte verzweifelt nach etwas, womit sich der Geschmack übertünchen ließe. Leider standen keine Pfannkuchen auf dem Tisch. Nicht mal Obst. Die Krähe suchte das Weite. Sie war für eine Weile bedient – zumindest für die nächsten zehn Minuten.

Nie vergessen werde ich auch den Pavian mit dem Baguette unterm Arm. Das war ebenfalls in Südafrika, in den Drakensbergen. Da hatten wir in einer Lodge mitten in der Wildnis übernachtet. Frühstück gab es in einem separaten Haus. Als wir hinübergingen, kam aus der geöffneten Tür ein Pavian gelaufen – auf drei Beinen, denn unter dem rechten Arm trug er nonchalant ein ganzes Baguette, das er offensichtlich soeben vom Frühstücksbuffet entwendet hatte. Ein echter Affengourmet. Oder Gourmetaffe?

Stängelartistin

In einem Sommer machte sich der Mäusenachwuchs auf, die Welt zu erkunden. Besonders verlockend waren die duftenden Lavendelblüten. Die kleine Maus kletterte hurtig an einem der dünnen Stängel empor, drehte und wand, reckte und streckte sich. Wie eine Artistin auf dem Hochseil tastete sie sich vor. Schon schwankte der Stängel bedenklich. Die Schwerkraft gewann, der Stängel bog sich und kippte mitsamt Maus abwärts. Jetzt lag die Blüte am Boden und die Maus hockte obenauf. Na, so geht es doch viel besser! Eifrig knabberte die Jungmaus an dem Leckerbissen und schaute den Hummeln zu, die sich über ihr träge in den Blüten schaukelten. Ich glaube, sie summte dabei vergnügt vor sich hin.

Wanzenschnipsen

Im Jagdschloss konnte man im Frühherbst früher ein lustiges Spiel spielen: Wanzenschnipsen. Wenn man morgens ins erste Stockwerk hochstieg, um die

Fenster zu öffnen, waren die Scheiben und Rahmen von Blattwanzen bevölkert, die sich dort wärmten. Kaum machte man die Fenster auf, kamen die Wanzen herein und man konnte sie eine nach der anderen nach draußen schnippen. Man musste nur aufpassen, dass man keine zwischen Fensterflügel und Türrahmen zerquetschte.

Einmal waren Wände und Decke in der oberen Etage von Marienkäfern übersät. So viel Glück, wie da zur Verfügung stand, konnte man gar nicht aufbrauchen. Das hätte für mehrere Leben oder ein ganzes Dorf gereicht. Weniger schön, wenn die Marienkäfer einem auf den Kopf fallen. Aber was nimmt man fürs Glück nicht alles in Kauf.

Apropos Glück: Interessanterweise flogen die Insekten nie die Cranach-Gemälde an. Seit 2021 hat es mit Wanzen und Marienkäfern im Schloss allerdings endgültig sein Bewenden. Die Stiftung hat in die Fenster Insektenschutzgitter einbauen lassen. Na, besser ist es auch. Nicht, dass die Käfer am Ende doch noch auf die Idee gekommen wären, auf den Gemälden herumzuspazieren, ohne Eintritt zu bezahlen.

Lästig und Nervig

Kaum hatte ich mich heute Mittag mit meinem Doradenfilet an Pellkartoffeln und Salat draußen hingesetzt, kamen meine beiden gelb-schwarz gestreiften Lieblingsfeinde Nervig und Lästig angeflogen. Dabei mögen sie gar keinen Fisch. Kartoffeln auch nicht. Salat schon gar nicht. Nicht mal die saure Zitronenbrause. Gucken kann man ja trotzdem.

Lästig kam fünf Minuten später noch mal wieder; hätte ja sein können, dass sich das Speisenangebot in der Zwischenzeit verbessert hat. Hühnchen wäre schön gewesen oder Grillwürstchen, noch besser Kuchen, Cola oder Bier. Aber nein, es war immer noch derselbe Fraß. Mist. Lästig erwog kurz, ob sie sich mit der Dorade oder den Kartoffeln nicht doch anfreunden könnte. Ach nee, lieber nicht.

Glück für mich. Im Gegensatz zu den beiden Quälgeistern schmeckte mir mein Essen vorzüglich und ich konnte es halbwegs ungestört verzehren.

Ein paar Stunden später:
Oh, oh, die beiden Schwarz-Gelben ignorieren mich jetzt. Lästig flog am Abend demonstrativ in einem halben Meter Entfernung an mir vorbei, ohne auch nur einen Blick auf mein Brötchen mit Schweinebauch oder die Mandarinen-Limo zu werfen. Selbst die

BLUMEN waren interessanter. Ich glaube, sie sind wegen heute Mittag wirklich beleidigt.

Das Eichhörnchen und die Pflaume

Vor vielen, vielen Jahren, ehe wir den
Reneclaudenbaum (eine gelbe Pflaumenart)
umhackten, kam es zu einem unvergesslichen Erlebnis.
Ich sitze auf der Terrasse. Es raschelt.
Was ist das?
Raschel, raschel.
Im Pflaumenbaum muss ein Tier sitzen.
Wahrscheinlich eine Taube. Oder die Amsel.
Raschel, raschel, raschel.
Ziemlich beharrlich.
Ich gehe nachsehen.
Aha – ein Eichhörnchen!
Es zieht und zupft, rüttelt und reißt an den Zweigen,
um an die süßen Pflaumen zu kommen.
Da, jetzt hat es eine!
Im selben Moment entdeckt es mich und erstarrt. Vor
Schreck fällt ihm die Pflaume aus der Schnauze. Ich
pruste los. Das Hörnchen riskiert einen Blick auf die
Frucht, die jetzt am Fuße des Stamms liegt. Sie ist
unerreichbar, denn daneben stehe ich.
Empört quiekt es mich an. *Was lachst du denn so
dämlich? Hau ab! Das ist alles deine Schuld!*

Fehlt nur noch, dass es die Pfoten in die Hüften stemmt.

Statt wegzugehen, lache ich noch mehr. Ich lache so sehr, dass ich mir die Seiten halten muss.

Das Eichhörnchen sucht genervt das Weite. Die Pflaume läuft nicht weg. Ich dagegen irgendwann schon – hoffentlich.

Ballspiel mit Pflaume

Einmal bekam eine Pflaume, die heruntergefallen war, aber doch Beine. Eine der Mäuse beanspruchte das Fallobst für sich und hatte sich in den Kopf gesetzt, ihre Beute in ihren unterirdischen Bau zu schaffen. Die Pflaume war aber fast so groß wie sie selbst. Die Maus, gar nicht dumm, stupste mit dem Bauch immer wieder dagegen und rollte sie wie einen Ball vor sich her. Sie war ganz schön geschickt und schnell dazu. Das hätte ein Profikicker nicht besser hingekriegt.

Vegan und zuckerreduziert

Gestern hatte ich Besuch von Freunden und wir saßen draußen. Lästig kam erwartungsvoll angeflogen. Aber, oh Schreck, der Kuchen war vegan und noch dazu zuckerreduziert! Was diese Menschen einem

heutzutage vorsetzen, ist doch wirklich das
Allerletzte. Lästig war so bedient, dass sie für den
Rest des Tages nicht mehr gesehen ward. Nervig kam
gar nicht erst. Ich glaube, sie suchen sich bald einen
anderen Garten.

Am Ende des Sommers

Lästig und Nervig sind weg. Einfach so. Seit Tagen
schon. Nicht mal die Grillwürstchen und das Malzbier
gestern Abend konnten sie anlocken. Irgendwie fehlen
mir die beiden, obwohl es ja ganz schön ist, beim
Essen nicht umschwärmt zu werden. Trotzdem. Es hat
Spaß gemacht, Geschichten über sie zu schreiben.
Was wohl mit ihnen passiert ist? Ob sie sich wirklich
einen anderen Garten gesucht haben? Oder haben sie
die Publicity nicht vertragen? Vielleicht hat es ihnen
auch keinen Spaß gemacht zu nerven, nachdem sie
halbwegs willkommen waren.
Sie werden doch nicht schon gestorben sein?
Ich mache mich im Internet schlau: Wespen ernähren
sich von dem Zuckersaft, den ihre Larven absondern.
Das Fleisch, das sie uns stehlen, essen sie gar nicht
selbst, sondern verfüttern es an ihre Brut. Sie selbst
können wegen ihrer Wespentaille nämlich nur
Flüssignahrung zu sich nehmen. Krass, oder? Bloß
nicht nachmachen, Mädels!

Am Ende des Sommers sind alle Larven geschlüpft und damit gibt es den Zuckersirup nicht mehr. Der Wespenstaat löst sich auf. Um nicht zu verhungern, sind die Arbeiterinnen jetzt panisch auf der Suche nach Alternativen und traktieren daher uns. Lästig und Nervig sind also wie vermutet weiblich. Wehe, die Herren der Schöpfung ziehen da jetzt falsche Schlüsse draus!

Wenn man genauer drüber nachdenkt, ist es eigentlich traurig, dass Wespen ihre letzten Lebenswochen hungrig und heimatlos verbringen müssen und dabei noch beschimpft oder gar erschlagen werden.

Lästig, Nervig, wo seid ihr? Ich vermisse euch!

Eine und noch eine

In einem Herbst meiner Schulzeit saß ich an meinem Schreibtisch und schaute aus dem Fenster. Auf der Terrasse kam ein Eichhörnchen angesprungen, das eine Walnuss in der Schnauze trug. Es lief am Zimmer vorbei und verschwand außer Sicht. Wenig später kam es wieder an mir vorbei, wieder mit einer Nuss. Und kurz darauf noch einmal. Vielleicht waren es auch mehrere Hörnchen.

„Mama!", rief ich. „Komm mal gucken, hier läuft dauernd ein Eichhörnchen mit einer Walnuss vorbei."

„Huch!", rief meine Mutter erschrocken. „Meine schönen Walnüsse!"

Wie sich herausstellte, hatte sie von einem Kollegen frische Walnüsse geschenkt bekommen und sie auf einem Tablett auf dem Terrassentisch zum Trocknen ausgebreitet. Für die Eichhörnchen waren sie buchstäblich ein gefundenes Fressen.

Meine Mutter war übrigens selbst ein richtiges Eichhörnchen. Wenn sie beim Fernsehen Walnüsse knackte, war der Teppich anschließend mit Schalen und Nussstückchen übersät, als hätte sie mit den Hörnchen eine Party gefeiert.

Ein diebisches Duo

Unsere Eichhörnchen hatten es schon immer faustdick hinter den Ohren. Einmal haben sie sogar zu zweit zusammengearbeitet, um ihr Ziel zu erreichen – fast so wie die Spatzen im Jagdschloss.

Es war ein schöner Frühlingstag. Ich saß draußen und las ein Buch. Auf dem Tisch lag eine blaukarierte Tischdecke mit walnussgroßen weißen Pompons am Saum. Einige der Pompons waren abgerissen.

Naja, so was passiert im Laufe der Zeit beim Waschen oder wenn man an den Pompons hängenbleibt – dachten wir jedenfalls.

Des Rätsels Lösung war eine andere. Als ich von meinem Buch aufblickte, saß ein Eichhörnchen auf dem Tisch, einen der Pompons in der Schnauze.

„Ach, du klaust die Pompons", sagte ich. „Schämst du dich denn gar nicht?"

Das Hörnchen ließ den Pompon fallen und zog sich langsam, wenn auch nicht sonderlich beschämt, zurück. Aber das war nur Ablenkung. Als ich mich umdrehte, sah ich nämlich gerade noch, wie sich ein zweites Eichhörnchen mit einem anderen Pompon davonstahl.

So eine freche Bande! Mit den Pompons haben sie bestimmt ihren Kobel ausgepolstert.

Lieber ohne mich

Der Garten soll immer hergerichtet und mit Futter bestückt sein, aber mich mögen die Tiere am liebsten, wenn ich nicht da bin. Dann können sie nämlich ungestört machen, was sie wollen. (Nicht, dass sie das nicht auch sonst täten.)

Als ich gestern Nachmittag nach zwei Wochen Urlaub von der Schwäbischen Alb zurückkehrte, wurde mir das mal wieder bewusst gemacht. Ich zog geräuschvoll meinen Rollkoffer hinter mir her über den Gehweg zur Haustür, da hörte ich vor mir in den Büschen ein Rascheln. Der Fuchs tauchte auf. Offenbar hatte er

gedöst und war durch meine Ankunft gestört worden.
Er warf mir einen verärgerten Blick zu, sprang über
den Zaun und machte sich über das Grundstück der
Nachbarin davon.

Nachdem ich meinen Koffer ausgepackt hatte, setzte
ich mich auf die Terrasse, um den schönen Abend zu
genießen. Das gefiel nun den Spatzen nicht, die
während meiner Abwesenheit das Gestänge der
Markise für sich entdeckt hatten und es gar nicht
schätzten, dass ich direkt darunter saß. Ich wiederum
schätzte es nicht, dass meine Bank voller Vogelkot war
und ich sie erst einmal säubern musste. Zum Glück
ließen sich die Köttel einfach abfegen.

Wir kommen gut miteinander aus, ehrlich.

Badefreuden 2.0

Heute forderte Herr Amsel frisches Wasser für
seinen Pool ein. In den zwei Wochen meiner
Abwesenheit war das Wasser verschmutzt und das
gefiel dem Amselmann nicht. Er wartete im Geäst der
Platane, bis ich das Wasser ausgetauscht hatte und
wieder ins Zimmer ging. Kaum war ich weg, segelte er
elegant vom Baum und landete auf dem Brunnenrand.
Erst mal einen Schluck trinken.

Anschließend auf dem Rand herum hüpfen und kurz durchs Wasser laufen, um die Temperatur zu testen und in Stimmung zu kommen.

Und dann geht es los. Es wird geplanscht und mit den Flügeln geschlagen, dass die Tropfen nur so spritzen. Raus und wieder rein. Und nochmal. Und noch einmal.

Nach diesem Schema läuft das eigentlich immer ab. Inzwischen stört es die Amseln auch nicht mehr, wenn wir daneben am Tisch sitzen. Was sie aber stört, ist, wenn wir ihnen zu offensichtlich zuschauen.

He! scheint uns Herr Amsel dann zu schelten. *Ihr wollt auch nicht beim Baden beobachtet werden. Ungehörig ist das!*

Und verschwindet flugs hinter der Brunnenfigur, um den schmalen Sichtschutz zu nutzen, den sie bietet. Schamhafte Vögel – gibt's denn so was?

A, B und C

In diesem Frühjahr wird mein Garten von drei Eichhörnchen besucht. Ich war zugegeben nicht sehr kreativ in der Namensfindung. Erst gab es nämlich nur zwei Hörnchen, die ich nach dem Cartoon, den ich als Kind gern gesehen habe, A-Hörnchen und B-Hörnchen getauft hatte. So habe ich beim nächsten Hörnchen einfach weitergemacht. Die Römer haben ihre Kinder schließlich auch Quintus, Sextus und Septimus genannt, was nichts anderes heißt als der Fünfte, Sechste und Siebte.

B-Hörnchen und C-Hörnchen sind meiner Meinung nach beides Weibchen, jedenfalls ist C-Hörnchen sehr grazil. Bei A-Hörnchen bin ich mir sicher, dass es ein Männchen ist und ein Alphatier noch dazu. In der Hierarchie steht er ganz oben und fordert deren Beachtung streitlustig ein. Wehe, da kommt eines der anderen Hörnchen, wenn er gerade am Futtern ist! Das wird bis in die Tanne der Nachbarin zurückgedrängt. Soll sich ja nicht wieder blicken lassen, ehe der Chef fertig ist!

A-Hörnchen ist beim Fressen immer total angespannt. Lässt die Klappe des Futterhäuschens so energisch zuknallen, dass ich es durchs halbe Haus höre.

Klappe auf, Klappe zu. Klappe auf, Klappe zu.

Beim Fressen schaut er sich dauernd um, ob sich ein Feind oder die Konkurrenz nähert. Nimmt sich kaum Zeit, die Sonnenblumenkörner aus dem Kasten zu holen. Klapp, klapp, klapp.

Dabei schlägt er so heftig mit dem Schwanz, dass der ganze Futterkasten wackelt.

Man hat es eben schwer als Alpha. Bestimmt stirbt er jung an Herzinfarkt.

B-Hörnchen ist ganz anders. Immer völlig entspannt. Manchmal liegt sie gechillt im Flieder und beobachtet ihre Umgebung. Oder döst vor sich hin. Oder meditiert. Das weiß man nicht so genau.

Sie ergreift nicht mal mehr die Flucht, wenn ich auf dem Weg zum Gartentor an ihr vorbeigehe. Hat wohl kapiert, wer den Kasten immer wieder auffüllt. Wetten, B-Hörnchen wird mindestens doppelt so alt wie A-Hörnchen?

Aller Anfang ist schwer – und nicht nur der

Die Eichhörnchen haben den Bogen raus, wie sie an die Nüsse und Sonnenblumenkerne im Futterhaus kommen. Das heißt, fast alle. C-Hörnchen tat sich im Frühling noch etwas schwer. Ich glaube, sie ist der Nachwuchs von A-Hörnchen und B-Hörnchen. War im Frühjahr noch unerfahren. Saß da und guckte und schnupperte und guckte und schnupperte und knabberte und guckte und zerrte ringsherum am Deckel. Aber wenn man draufsitzt, geht er natürlich nicht auf.

Sonnenblumenkerne mögen meine Eichhörnchen besonders gern, neben Walnüssen und Haselnüssen (und Pflaumen). Birnen und Äpfel mögen sie hingegen nicht. Erdnüsse auch nicht besonders. Meine Mutter hatte vor Jahren mal ein paar Erdnüsse in den Kasten gepackt. Die lagen da tagelang. Irgendwann waren sie doch weg, als wäre den Hörnchen klargeworden, dass es nichts anderes gibt, solange sie die nicht fressen (oder jedenfalls aus dem Kasten holen). Meine Mutter füllte jetzt wieder Walnüsse ein. Die waren gleich am nächsten Tag weg, als wollten die Hörnchen uns mitteilen: *Genau, die mögen wir! Und nur die. Merkt euch das!*

Putzig war ein Erlebnis vor rund zwanzig Jahren mit meiner Mutter im Stadtpark von Dortmund. Wir hatten uns gerade auf eine Bank gesetzt, als ein Eichhörnchen den Weg querte. Es bemerkte uns, machte eine gekonnte 90-Grad-Wende und rannte auf uns zu. Sprang auf die Bank und ohne Federlesen in die geöffnete Handtasche meiner Mutter. Wühlte darin nach Nüssen. Fand aber nur Weintrauben. Guckte uns vorwurfsvoll an.
Echt jetzt? Das ist doch nicht euer Ernst?
Ich streckte meine Hand aus. Das Eichhörnchen schnüffelte daran herum und stemmte sich mit den Pfoten auf meiner Hand ab. Stellte fest, dass sie leer war, und schaute mich nun sichtlich genervt an.
Willst du mich verschaukeln, oder was? Jetzt reicht es aber!
Und lief so flink davon, wie es gekommen war. Irgendein Spaziergänger würde doch wohl Nüsse haben!

Immerhin hat mich das Hörnchen in Dortmund nicht gebissen wie 1992 das Grauhörnchen in den USA. Ich hatte mir einen Erdnusskern auf die offene Handfläche gelegt, um es anzulocken. Im Gegensatz zu hiesigen Eichhörnchen stehen die amerikanischen Hörnchen da voll drauf – kennen sie halt. Da sieht man mal wieder: Was der Bauer nicht kennt, frisst er nicht.

Aber ich schweife ab.

Das Hörnchen schnupperte an meiner Hand – und biss in meinen Mittelfinger. Allerdings recht sacht, wie um zu testen, ob es eine Falle sei und ich die Finger schlösse und es zu fangen versuchte. Vielleicht hatte es schlechte Erfahrungen gemacht.

Ich rührte mich nicht. Das Hörnchen fasste Mut und holte sich die Erdnuss, machte sich damit dann aber doch rasch davon. Man sollte nie zu viel riskieren.

Als ich ein Kind war, gab es in Berlin noch schneereiche Winter. Unser Sonntagsspaziergang führte uns oft zum Schloss Glienicke und in den nahegelegenen Wald. An einem Sonntag kam auf dem Weg ein hungriges Eichhörnchen angesprungen. Es lief flugs am Hosenbein meiner Mutter hinauf, um auf sich aufmerksam zu machen. Meine Mutter rief mal wieder halb erschreckt, halb amüsiert „Huch!"

Wir hatten aber nicht mit hungrigen Besuchern gerechnet und nichts dabei.

Am nächsten Sonntag präparierten wir uns mit Walnüssen. Und was passierte? Weit und breit war kein Eichhörnchen zu sehen. Typisch.

Die Spatzen vom Jagdschloss – reloaded

Die Spatzen vom Jagdschloss Grunewald hatten es in den beiden Corona-Jahren auch nicht leicht.
Monatelang war das Schloss im Lockdown und ebenso das Café. Kein Kuchen, keine Brötchen, keine Brezeln. Was für ein Hunde-, Verzeihung, Spatzenleben. Hunde waren auch keine da, sonst hätte man wenigstens die ärgern können. Was also anderes tun, als stur vor der Tür zu hocken und zu warten. Irgendwann musste sich die doch wieder öffnen.
Die Ausdauer der Spatzen wurde belohnt. Am 21. Mai 2021 war es endlich so weit. Tja, was soll ich euch sagen? Die Tür war noch nicht richtig auf, da waren die Spatzen schon drinnen – und sie hatten nichts vergessen. Die Brezeln links hinter dem Tresen an der Wand, der Brötchenkorb hinter der Kuchentheke. Endlich war das Schlaraffenland wieder verfügbar. Noch besser hätte es den Spatzen allerdings gefallen, wenn zwischen ihnen und den Objekten ihrer Fresslust nicht die störenden Abdeckhauben gestanden hätten. So mussten sie sich erst mal mit Schauen begnügen und abwarten, bis die erste Gäste sich mit dem Backwerk nach draußen setzten. Na, die hatten Spaß.

Gartenregel:
Sitzt der Spatz im Kuchen,
musst du ihn nicht suchen.

Der Spatz in der Hand

Im Jagdschloss ließ ich mir in der Mittagspause ein Ciabatta mit Kochschinken und Käse belegen. Damit saß ich auf der Bank und unterhielt mich mit meinem Kollegen. Plötzlich zerrt etwas an meinem Brötchen und reißt es mir fast aus der Hand. Einer der Spatzen versuchte im Flug, den Belag herauszuzupfen. Ist das zu fassen? Das Sprichwort sagt zwar „Lieber den Spatz in der Hand als die Taube auf dem Dach", aber in diesem Fall hätte ich der Taube auf dem Dach den Vorzug gegeben.

Ein frecher Fuchs und ein forsches Hörnchen

Ich habe einen frechen Jungfuchs im Garten. In der ersten Nacht hat er einen meiner alten Schnürschuhe, die ich zur Gartenarbeit anziehe, auf den Rasen verschleppt, in der zweiten den Eichhörnchenfutterkasten vom Flieder gerissen. Keine

Ahnung, ob der Kasten nach Eichhörnchen roch oder ob der Fuchs ausprobieren wollte, wie es sich vegan lebt.

Jedenfalls muss ich am nächsten Tag arbeiten und beschließe, den Kasten erst am Abend anzuschrauben. Kaum sitze ich auf der Terrasse beim Frühstück, kommt A-Hörnchen und sucht den Kasten.

Ich hebe ihn hoch, zeige ihn A-Hörnchen und sage: „Das war der Fuchs. Ich schraube es euch heute Abend wieder an."

A-Hörnchen sitzt im Flieder und starrt mich nieder, so nach dem Motto: *Wie jetzt, du sitzt da einfach und frühstückst, und ich? Du schraubst den Kasten jetzt gleich an!*

Ja, na schön, schon gut.

Ich gehe also in den Keller und hole den Akkuschrauber, nehme den Kasten und gehe zum Flieder, immer noch unter scharfer Beobachtung von A-Hörnchen. Erst im letzten Moment springt er in die Tanne.

Kaum sitze ich wieder am Tisch, kommt er zurück. Aber nun riecht der Kasten entweder nach Fuchs oder Mensch, jedenfalls ist es nicht genehm und A-Hörnchen trollt sich erst mal.

Toll, und dafür komme ich zu spät zur Arbeit.

An die Schuhe habe ich gar nicht mehr gedacht. Am späten Abend liegt mein anderes Paar Gartenlatschen auf dem Rasen – mit zerkauten Riemen. War noch

echtes Leder, das war wohl lecker. Von meinen
Schnürschuhen fehlt der eine ganz. Ich finde ihn im
Dunkeln auch nicht wieder, erst am nächsten Tag
hinten im Garten – immerhin nicht zerkaut.
Im Internet bestelle ich im Sonderangebot ein neues
Paar Pantoletten (leider kein Leder mehr).
Als ich heute bei der Arbeit die Mail bekomme, dass
meine Schuhe geliefert werden, ist mein erster
Gedanke: *Oh, oh, hoffentlich stellt der Paketdienst das
Paket nicht auf der Terrasse ab. Dann kommt der Fuchs,
zerfetzt die Verpackung, denkt: „Geil, neue Schuhe!" und
zerkaut die auch wieder.*
Zum Glück hat der Paketdienst mitgedacht und die
Lieferung hinter Tisch und Stuhl an der Wand verkeilt.
Vielleicht haben sie den Fuchs sogar gesehen; der
schleicht selbst tagsüber durch den Garten.
Gestern war er auch da. Ich habe ihn durchs
Küchenfenster beobachtet und er mich, und was soll
ich euch sagen? Er hat so ausgesehen, als wüsste er
ganz genau, dass es nicht in Ordnung war, meine
Schuhe zu zerkauen.
Ich habe sie ihm übrigens überlassen, sind eh kaputt.
Aber wahrscheinlich will er sie jetzt nicht mehr. Macht
ja keinen Spaß, wenn man etwas darf.
Die neuen stehen jedenfalls drinnen.

Schuhfetisch

04:35 Uhr – die Überwachungskamera ertappt den Fuchs in flagranti dabei, wie er mit den Schuhen spielt. Also sind sie doch noch spannend. Auch an einigen der folgenden Tage kommt er in der Frühe vorbei, zerrt die Schuhe auf den Rasen oder kaut darauf herum.

Füchse haben es mit Schuhen. Die Nachbarin hat ähnliche Erfahrungen gemacht wie ich, und ein Fuchs aus Zehlendorf schaffte es sogar in die Nachrichten, weil er ein richtiger Schuhfetischist war. Ich habe mir den Bericht bei YouTube angeschaut. Der Fuchs hat von jedem Paar, dessen er habhaft werden konnte, einen Schuh geklaut, manchmal auch alle beide. Am Ende hatte er über hundert Schuhe gesammelt.

Noch bizarrer ging es in einer süddeutschen Gemeinde zu. Da hat der Fuchs nicht nur gerissene Hühner, sondern auch einen Teil seiner Schuhbeute auf dem örtlichen Friedhof verbuddelt.
„Der ist fromm", witzelte eine Einwohnerin mit Galgenhumor.
Ganze Schuhladungen hat der Fuchs verschleppt. Meistens lagen sie später auf einem Haufen irgendwo am Wegesrand. Der Bürgermeister ließ schließlich im Rathaus Kartons aufstellen, aus denen sich die Einwohner ihre Schuhe heraussuchen konnten.

Das Schuhphänomen ist in ganz Europa bekannt. Ursache ist neben der Tatsache, dass Füchse auch Aasfresser sind, der Spieltrieb des Nachwuchses. Jungfüchse sind unglaublich neugierig und verspielt und werden in der Stadt ohnehin immer zutraulicher. Besonders spannend finden sie Leder und Plastik – und den Schweißgeruch, der den Objekten ihrer Begierde anhaftet. Dabei sind Frauenschuhe offenbar besonders begehrt. Außerdem lassen Schuhe sich fabelhaft im Maul tragen – das beste Spielzeug, das so ein frecher Jungfuchs sich wünschen kann. Niemand kann allerdings erklären, wieso sie es so mit einzelnen Schuhen haben, und regelrechte Sammlungen anlegen. Sind Füchse also doch Schuhfetischisten?

Appetit auf Zwiebeln

Heute sitze ich auf der Terrasse und schaue in den Garten, da sehe ich auf einmal, wie die Maus in meinem großen Beet herumwühlt.

Was sie da wohl tut? frage ich mich.

Mir sind schon in den Tagen zuvor kleine Kuhlen im Beet aufgefallen.

Neugierig schleiche ich näher heran, um das Treiben der Maus zu beobachten. Und was muss ich sehen? Sie gräbt meine Blumenzwiebeln aus. Das darf doch nicht wahr sein!

„Lässt du das sofort sein!", herrsche ich die Maus an, die vor Schreck einen Satz macht und das Weite sucht.

Aber der Schaden ist angerichtet, denn all die Kuhlen, über die ich mich gewundert habe, zeugen von weiteren Blumenzwiebeln, die dem Appetit der langschwänzigen Diebin zum Opfer gefallen sind.

„Du bist schuld, wenn im nächsten Jahr nichts blüht", rufe ich der Maus nach. „Das nehme ich persönlich!" Aber vermutlich war es meine eigene Schuld. Ich hätte die Zwiebeln tiefer einsetzen müssen. Noch einmal passiert mir das nicht!

Beharrlich

Erinnert ihr euch an Nervig und Lästig, meine beiden Wespen vom letzten Jahr? Diesmal ist es wohl der Nachwuchs. Ich habe die Kleine Beharrlich getauft. Sie kommt immer mal wieder vorbei und schaut, ob ich etwas Leckeres zu essen habe. Eben habe ich sie glücklich gemacht. Es gab ein Brötchen mit Corned Beef. Beharrlich hat trotz ihrer zierlichen Gestalt mit medaillenverdächtigen Verrenkungen und Ganzkörpereinsatz fix ein Stück Corned Beef abgeschnitten. Und ein paar Minuten später noch eines. Schließlich war ich fertig, hatte ihr aber einen Happen übriggelassen, der etwa halb so groß war wie sie. Beharrlich schnappte sich das Corned Beef – und kippte damit vom Teller und über den Rand des Tischs senkrecht in die Tiefe. War wohl doch etwas zu schwer. Im letzten Moment muss sie die Kurve gekriegt haben, jedenfalls lag sie nicht auf den Terrassenfliesen.

Vermutlich ist sie jetzt so erschöpft, dass sie heute Nacht gut schläft. Und morgen ist sie wieder da. Aber Corned Beef gibt es dann nicht. Das ist alle.

Nachtrag:
Von wegen erst morgen. Beharrlich kam gleich noch mal wieder, tanzte um mich herum und leckte mir die Finger ab, bis sie endlich begriff, dass es nichts mehr gibt, und abschwirrte.

Gut erzogen

Heute hat Beharrlich ihrem Namen Ehre gemacht. Ich hatte Spaghetti aglio i olio zum Mittag. Beharrlich wurde vom Duft des Essens angelockt, flog eine Runde um den Teller und verschwand.

Und kam wieder. Drehte eine Runde um den Teller und verschwand.

Und kam wieder. Drehte eine Runde … na, ihr wisst schon.

Ich konnte förmlich ihre Gedanken hören:

Ich mag keine Nudeln und die schon gar nicht. Gibt es denn nichts anderes?

Jetzt vielleicht. Nein, immer noch nicht. Mist. Aber ich habe Hunger. Ob ich doch mal koste?

Nein. Doch. Nein! Ja!

Nein.

Es blieb beim Nein. Nicht mal die Mandarinenbrause riss die Sache raus. Die mag Beharrlich nämlich auch nicht. Da ist sie sich mit Lästig und Nervig einig.

Aber sie ist wirklich ganz gut erzogen. Eine Woche später hatte ich Besuch von einem Autorenkollegen. Beharrlich kam natürlich gleich gucken.

„Lass Ulrich in Ruhe, Beharrlich!", ermahnte ich sie.

Sie verschwand artig.

Geht doch.

Die Söhne meiner Freundin haben diese Strategie ebenfalls bereits erfolgreich angewandt.

Klappt leider nicht bei allen Wespen. Man muss schon ihren Namen kennen.

Glück in den Ecken

Ich habe morgens fast immer einen im Tee. Heute sogar zwei.
Nein, keinen Alkohol, wofür haltet ihr mich denn?
Ich spreche von Fliegen. Kaum steht mein Tee draußen und ich drehe mich mal kurz um, ertränken sie sich in der Tasse. Dafür ist der Tee doch nun wirklich nicht da!

Na, wer einen Garten hat, darf eben nicht zimperlich sein. Wir wollen gar nicht von den Dutzenden von Spinnen in den Zimmern sprechen, vor allem im Spätsommer. Wie hieß es früher so schön im Poesiebuch? In allen Ecken soll Glück drinstecken. Nun ja, falls Spinnen Glück bringen, stimmt es.
Ich würde es nur begrüßen, wenn sie mir nicht ständig die ausgelutschten Panzer Dutzender von Kellerasseln vor die Füße spucken würden. Die bringen bestimmt kein Glück.
Obwohl es natürlich schon ein Glück ist, wenn die Asseln nicht mehr auf den Sessel krabbeln können, um fernzusehen. Trotzdem mag ich es nicht, immer hinter den Spinnen her putzen zu müssen.

Aber alles ist gut, solange sie nicht ins Bett kommen.
Dann gibt's Ärger.

Beim Frühstück habe ich wieder eine orange
Nacktschnecke entdeckt. Sie hatte sich ziemlich
geschickt in den orangenen Blüten der eingetopften
Sommerblumen versteckt, aber das half ihr auch nicht.
Doch da ich ein netter Mensch bin, töte ich die
Schnecken nicht. Ich zerschneide sie weder noch
werfe ich sie in kochendes Wasser oder Alkohol wie
manch andere Gartenbesitzer. Ich streue ihnen auch
kein Schneckenkorn hin. Nein, selbst diese Plage
bekommt bei mir eine zweite Chance. Ich werfe sie in
die Biotonne. Wenn sie es raus schaffen, haben sie es
verdient, noch ein paar Tage länger zu leben. Wenn
nicht, umso besser.

Die Maus im Futterhaus

Die Brandmäuse haben den Futterkasten der
Eichhörnchen für sich entdeckt. Ich habe ihn in
diesem Jahr erstmalig mit Sonnenblumenkernen gefüllt
und die finden nicht nur die Hörnchen lecker, sondern
auch Maus und Meise. Da gab es schon manche
possierliche Szene.
Letztens saß die Maus im Haus und von außen klopfte
die Meise mit dem Schnabel gegen das Plexiglas. Die

Maus wollte aber keinen Besuch und ihr Futter teilen schon gar nicht.

Also eigentlich ist es ja das Futter der Eichhörnchen, aber das ist der Maus egal. Sie kommt dran, also frisst sie es. Und obwohl es von Brandmäusen heißt, dass sie nicht so gut klettern und springen können wie manche ihrer mausigen Verwandten, sind meine Gartenmäuse eigentlich recht geschickt. Sie klettern entweder am Fliederstamm hoch zum Futterhaus oder benutzen den fingerdicken Stamm der Glyzinie als Leiter. Okay, manchmal fällt eine auf halbem Wege vom Stängel und purzelt in die Tiefe.

Neulich reckte die Maus sich, um von der Plattform vor dem Futterhaus in den Flieder zu springen, verfehlte ihr Ziel grandios und stürzte kopfüber anderthalb Meter senkrecht in die Astern.

Getan hat sie sich nichts. Ihr setzt die Schwerkraft nicht annähernd so zu wie uns. Da könnte man glatt neidisch werden.

Eine der Mäuse betrachtete das Futterhaus eine Zeit lang als ihr persönliches Vorratslager. Um es vor fremden Blicken zu schützen, rupfte sie immer wieder frische Blätter vom Flieder und schob sie durch den schmalen Spalt zwischen Plexiglasfront und Deckel in den Kasten. Das war ganz schön mühsam. Häufig musste die Maus mehrfach ansetzen, ehe sie ein Blatt durch den Spalt bugsiert hatte und oft genug segelte es stattdessen zu Boden, wenn sie falsch angesetzt

hatte. Aber aufgeben kam nicht infrage und am Ende
hatte sie ihr Ziel erreicht und war zufrieden.
Leider hat die sorgsame Abdeckung so gar nichts
gegen die Eichhörnchen genützt.

Squirrel in a Box

C-Hörnchen muss die Maus dabei beobachtet haben,
wie diese in das Haus hineingeklettert ist; jedenfalls
tat sie es ihr nach. Sie beugte sich nicht wie sonst ins
Haus hinein, sondern verschwand inklusive Schwanz
komplett darin und zog den Deckel hinter sich zu. Das
sah unglaublich niedlich aus, vor allem, als C-
Hörnchen wieder auftauchte und zuerst nur Kopf und
Pfoten sichtbar wurden. Eine Weile verharrte sie so,
als würde sie dösen. Dann wollte sie wieder
herausklettern. Das gestaltete sich jedoch schwieriger
als hinein, zumal C-Hörnchen um etliche verdrückte
Sonnenblumenkerne schwerer war. Erst reckte sie
sich in die eine Richtung, dann in die andere, zog sich
wieder zurück und setzte noch einmal an – und hatte
den Bogen schließlich raus. Geschmeidig glitt sie unter
dem Deckel hervor und sprang auf die Plattform.
Dort döste sie noch eine oder zwei Minuten.
Wahrscheinlich musste sie erst einmal ein wenig
verdauen.

Ein gefährliches Zusammentreffen

Neulich wurde ich Zeugin einer unvermeidlichen Begegnung zwischen Maus und Eichhörnchen.
Die Maus saß im Futterhaus und ließ es sich schmecken. B-Hörnchen kam über den Flieder angesprungen, um zu frühstücken, und landete auf dem Deckel. Die Maus geriet in helle Aufregung. Aber weg kam sie nicht, B-Hörnchen saß ja auf dem Ausgang. Als diese auf die Plattform sprang und die Klappe aufstieß, sprang ihr die Maus förmlich ins Gesicht. B-Eichhörnchen bekam mindestens einen ebenso großen Schreck wie die Maus. Sie spritzten filmreif auseinander: B-Hörnchen schoss in den Flieder hinauf und die Maus rannte am Stamm entlang in die entgegengesetzte Richtung.

Leider geht es nicht immer so glimpflich ab. Ein paar Tage zuvor hatte ich eine tote Maus auf dem Futterhaus entdeckt – mit abgebissenem Gesicht. Ihr rechtes Hinterbein steckte in der Klappe fest. Ich nehme an, die Maus hat versucht zu flüchten, als A-Hörnchen kam, und sich dabei verfangen.
Es war bestimmt A-Hörnchen. Die anderen beiden Hornchen hatten, glaube ich, nicht so drastisch reagiert, wenn ich daran denke, wie heute die Begegnung mit B-Hörnchen verlaufen ist.
A-Hörnchen wollte den Futterkonkurrenten vertreiben und biss zu – und die Maus kam nicht weg,

weil sie festhing. Das wurde ihr zum Verhängnis. Ein Kiefer, der Nüsse knackt, schafft spielend einen Mäuseschädel.

Daran zeigt sich wieder, dass die Wagemutigen selten lange leben. Ich tröste mich damit, dass die Maus vorher wenigstens eine gute Zeit hatte.

Die Garagenmaus

Familie Brandmaus ist überhaupt ganz schön vorwitzig. Mindestens ein Mitglied hat sich in der Garage häuslich eingerichtet – wo auch immer sie sich durch die Wand genagt hat (möglicherweise wartet sie auch einfach ab, bis ich die Tür öffne).

Vermutet hatte ich es schon länger, aber den Beweis fand ich im letzten Winter. Ich hatte einen Teil meiner Kartoffeln unter einer Decke auf dem Boden gelagert, weil die Garage kälter ist als der Keller. Als ich mir ein paar Kartoffeln holen wollte, fand ich eine ganze Reihe davon angenagt. Verflixte Maus, dachte ich. Aber ich hatte sowieso zu viele Kartoffeln, da konnte sie ruhig welche haben.

„Aber wehe, du nagst sie alle an!", schärfte ich der Maus ein, falls sie mich denn hörte. „Friss gefälligst erst eine auf, ehe du dich der nächsten zuwendest!"

Naja, so richtig dran gehalten hat sie sich nicht, aber zumindest konnte ich die Mehrzahl der Kartoffeln noch verwenden.

Im Frühling war mein Vorrat aufgebraucht. Die restlichen Kartoffeln waren unbrauchbar geworden und ich entsorgte sie auf dem Kompost. Das fand die Maus nicht so gut. Aber ich hatte noch Meisenknödel oben auf dem Regal. Irgendwann lagen überall Krümel. Die Maus hatte Plan B umgesetzt und sich über die Knödel hergemacht. Und dann entdecke sie die Tüte mit den Sonnenblumenkernen. Sie nagte ein ordentliches Loch hinein und tat sich gütlich. Also füllte ich das Futter in einen alten Düngereimer um, mit Deckel.

Jetzt ist Ruhe, dachte ich.

Zur Strafe sprang mir die Maus am nächsten Tag aus dem Gelben Sack entgegen, als ich diesen zubinden wollte. Und ich hatte mich schon gewundert, wieso der unten auch ein Loch hatte.

Selbst den Düngereimer hat sie angenagt, aber weit ist sie nicht gekommen.

Netter Versuch

Beharrlichs Name passt wie die Faust aufs Auge.
Heute habe ich mit einer Freundin zwei Nackensteaks gegrillt. Für Beharrlich schnitt ich ein kleines Stück ab

und legte es an den Tellerrand. Sie war begeistert und holte ebenfalls gleich ihre Freundinnen. Schließlich säbelten sie zu fünft an dem Fleischbröckchen herum, manchmal drei von ihnen auf einmal. Alles in allem ging es aber recht gesittet zu. Nachdem ich abgeräumt hatte, verschwanden die Schwarz-Gelben nach und nach. Nur Beharrlich umkreiste uns noch eine ganze Weile, als wollte sie sagen: *Hallo, Nachtisch?*
Den gab es auch, aber Schokoladenkekse mochte sie mal wieder nicht.
Heute Abend flog sie um mich herum, während ich meine Töpfe wässerte.
„Na", sagte ich, „hast du schon wieder Hunger? Es gibt aber nichts."
Beharrlich drehte prompt noch eine Extrarunde um meinen Kopf. Das Schwirren ihrer Flügel klang wie bitte, bitte, bitte, bitte, BITTE!
Netter Versuch, Beharrlich.

Kaugummi

Was muss ich gerade sehen? Das Kabel meiner romantischen Hortensienbeleuchtung auf der Terrasse ist durchgekaut.
Menno! Wer Fuchs und Maus hat, braucht keinen Hamster. Und wer repariert mir das jetzt? Die Eichhörnchen etwa?

Fußtick

Aus irgendeinem Grund hat Beharrlich es auf meine Füße abgesehen. Kaum habe ich die Socken ausgezogen und sitze auf der Terrasse, kommt sie an und will mir zwischen die Zehen krabbeln. Dabei spielt es keine Rolle, ob ich meine Füße frisch gewaschen habe oder nicht. Das geht jetzt seit Tagen so und ist wirklich lästig. Da hilft nur ständiges Wackeln und Füße wegziehen.

Jetzt habe ich einen Fuchs mit Schuhfetisch und eine Wespe mit Fußtick. Was wohl als nächstes kommt? Eine Maus mit Sockenschuss?

Schuh oder Maus?

Kaum ist man aus dem Haus! Während ich gestern bei meiner Schulfreundin war, kam wieder der Fuchs vorbei und spazierte ums Haus. Zur besten Kaffeezeit, wie die Kamera beweist.
Er war eine ganze Weile nicht da und irgendwann habe ich meine alten Schuhe doch entsorgt. Und was passiert? Er entdeckt das letzte Paar, das noch draußen steht, gut versteckt (wie ich mir eingebildet habe) unter der Bank auf der Terrasse, und verschleppt einen der Schuhe. Heute Morgen sehe ich aus dem Fenster und denke, was liegt denn da

Dunkles auf dem Rasen? Oh, oh, mir schwant es schon – und richtig. Ich schaue unter die Bank und da fehlt ein Latschen. Der liegt klitschnass im Regen, aber immerhin heil. Jetzt muss ich mir die auch noch ins Zimmer stellen. Ich glaube, ich komme auf den Vorschlag meiner Kollegin zurück und besorge dem Fuchs einen Kauknochen.

Leider zeigt sich wenig später, dass der Fuchs auch eine meiner Mäuse erwischt hat. Die Kamera hat das Drama aufgezeichnet. Erst spielte er mit der armen Maus und verfolgte sie das Haus entlang. Sie versuchte, sich unter dem Schlauchwagen zu verstecken und unbemerkt zu entkommen, aber der Fuchs kam von der anderen Seite und schnitt ihr den Weg ab. Das ging eine ganze Weile so. Am Ende erwischte er sie natürlich. Genüsslich auf dem Rasen liegend kaute er auf der armen Maus herum und verspeiste sie.

So ein Fuchs ist wie eine Mischung aus Hund und Katze. Aber wenn er meine Mäuse frisst, mag ich ihn gar nicht, auch wenn es seine Natur ist und die Mäusepopulation nicht überhandnehmen soll. Morgen kaufe ich den Kauknochen.

Nachtrag:
Ich habe den Kauknochen doch nicht gekauft, obwohl ich im Supermarkt schon davorstand. Ich will den

Fuchs nicht auch noch füttern. Der ist schon frech
genug. Vielleicht stelle ihm stattdessen doch wieder
ein paar alte Schuhe hin.

Fuchs mit Sonnenstich

Füchse gibt es hier in der Gegend nicht erst seit
gestern. Sie haben sich hier schon vor Jahren
eingerichtet. Warum auch nicht? Ein Gebiet, wo
mehrere große Gärten aneinandergrenzen, sie kaum
jemand stört und es genug zu fressen gibt, ist doch ein
Paradies für Füchse (und nicht nur die). Wenn man
satt ist, kann man sich faul irgendwo ins Gras oder
Efeu legen und schlafen.
Einmal hatte es sich der Fuchs bei der Nachbarin
zwischen Hecke und Zaun gemütlich gemacht. Er lag
zusammengerollt in der Sonne und döste vor sich hin.
Döste und döste. Irgendwann wurde er wach, gähnte,
stand auf und streckte sich – und torkelte benommen.
Stand da wie einer, der zu viel getrunken hat. Er sah
richtig leidend aus. Schlich davon, als hätte er einen
Brummschädel. Anscheinend kann selbst ein Fuchs
einen Sonnenstich kriegen.

Wasser marsch!

Bekanntlich regnet es in der Region Berlin-
Brandenburg nicht übermäßig viel. Bevor meine
Mutter die Beregnungsanlage installieren ließ, mussten
wir häufig von Hand wässern. So auch, als ich den
Blauregen gepflanzt habe, damit er den toten Flieder
berankt.

In den Büschen unter dem Flieder sitzt gerne das
Rotkehlchen. (Heute hockt es zur Abwechslung auf
dem Futterhaus und genießt einen raren
Sonnenstrahl.) Auch an jenem Tag hüpfte es in den
Büschen herum, das hatte ich aber nicht gesehen. Ich
stellte also den Schlauch an – und überschüttete das
Rotkehlchen mit einem künstlichen Regenschauer. Das
kleine Kerlchen stob tropfenschüttelnd auf und
schimpfte. Sorry, Kehlchen, war keine Absicht.

Rotkehlchen sind sehr zutraulich und folgen mir oft,
wenn ich Unkraut jäte, weil sie genau wissen, dass es
sich in der gelockerten Erde gut nach Insekten suchen
lässt. Ein junges Rotkehlchen hüpfte mehrfach um
mich herum und beäugte mich aus nächster Nähe, als
wollte es herausfinden, wer ich wohl sei. Einmal
landete es sogar auf meinem großen Zeh, als ich auf
der Liege lag und mich sonnte. Es blieb allerdings nicht
lange; war nur auf Stippvisite, um *Hallo* zu sagen.

Ein paar Wochen, nachdem ich das Rotkehlchen
geduscht hatte, wässerte ich hinten im Garten meine
Rhododendren. Die Maus kam und blieb neben mir

stehen. Sie besah sich erst den Wasserstrahl und schaute dann mich an.

Könntest du bitte das Wasser abdrehen? Ich möchte da vorbei, schien sie zu sagen.

Natürlich tat ich ihr den Gefallen. Kaum war das Wasser abgestellt, lief die Maus an mir vorbei und verschwand im nächsten Beet.

Danke hat sie nicht gesagt. Typisch.

In diesem Frühjahr habe ich an der Garage ebenfalls einen Blauregen gepflanzt. Den wollte ich dort schon lange haben. Daneben steht die Hundsrose, die – historisch nicht korrekt – jahrelang neben dem Haupteingang von Schloss Cecilienhof prangte, meiner zweiten Wirkungsstätte als Schlossführerin. Sie musste damals bei Minusgraden tagelang wurzelnackt auf dem Parkplatz ausharren. Die Kälte hat ihr aber nicht geschadet; sie hat sich prächtig entwickelt. Wie eine meiner Freundinnen zu sagen pflegt: „Nur die Harten kommen in den Garten."

Genau, alles andere geht sowieso ein.

Unter besagter Rose hat Familie Maus einen ihrer Zugänge angelegt. Der Fuchs hat schon mehrmals versucht, den Bau auszugraben, und sogar die Steine weggerollt, die ich dort drapiert habe, damit die Amseln nicht immer die Erde auf die Gehwegplatten werfen. Aber die Mäuse renovieren ihren Zugang jedes Mal, sind also nach wie vor da. (Die Steine muss natürlich ich zurück an Ort und Stelle legen.)

Nachdem ich den Blauregen gepflanzt hatte, haben die Mäuse noch einen zweiten Zugang gegraben, zur Sicherheit wahrscheinlich. Wenn ich nun Rose und Blauregen wässere, ergießt sich ein Wasserfall in jedes der beiden Mauselöcher. Einmal streckte die Maus ihren Kopf aus dem linken Loch und schaute mich vorwurfsvoll an, weil ich schon wieder ihr Haus flutete.

„Ja, weißt du, Maus", sagte ich, „du musst eben vorher schauen, wo du baust. Aber sieh es mal so: Wenn es heiß ist, hast du immer Abkühlung. Und es wohnt auch nicht jeder unter einer echten Schlossrose."
Das hat sie offenbar überzeugt. Jedenfalls ist ihre Familie bis heute nicht ausgezogen.

Apropos Cecilienhof

Im Cecilienhof hatten wir auch schon lustige Erlebnisse mit Tieren: Einmal lief einer der Waschbären, die sich im Dachboden eingenistet hatten, auf dem Dach entlang. Im Innenhof stand vor dem roten Stern eine Gruppe Chinesen. Einer entdeckte den Waschbären und zeigte aufgeregt nach oben. Eine Sekunde später schwenkten fünfzig Kameras herum und machten Klick. Die Geschichte der Potsdamer Konferenz war vergessen.

Vor der Renovierung jagten sich im Frühling die jungen Schwalben um die Dächer. Manchmal flogen sie durch den offenstehenden Eingang sogar ins Schloss. Dann riefen wir unseren Besuchern zu: „Ducken!"
Die Kollegen am Ausgang waren schon informiert und öffneten die Tür. Das Schwalbengeschwader schoss über die Köpfe der Besucher hinweg den Korridor der Ausstellung entlang und durch die Ausgangstür wieder ins Freie. Anschließend hockten sie in den Eisenleuchtern im Vorbau und sahen sehr zufrieden mit sich aus.

Neulich haben wir unseren Wachmann gefoppt. Eine Wespe flog an der Fassade entlang und schaute in jedes Fenster, als suche sie etwas.
Als unser Wachmann seine Runde drehte, fragten wir ihn: „Hast du die Wespe gesehen? Die mit dem roten Stern auf der Stirn? Das ist bestimmt eine sowjetische Spionagesonde."
Einen Tag zuvor war nämlich eine Fotodrohne über dem Schloss aufgestiegen und wir wussten, dass der Kollege vergeblich versucht hatte, den Besitzer auszumachen. Fotodrohnen sind in den Parks der Stiftung Preußische Schlösser und Gärten verboten. Der Wachmann sah ganz erschrocken aus und fragte: „Wo?"
„Na da!" Wir zeigten auf die Wespe.
„Das ist doch eine ganz normale Wespe", sagte er verwirrt.

Wir lachten. „Natürlich. Wir haben dich nur auf den Arm genommen."

Dreiertreffen

Heute trafen sich A-Hörnchen, B-Hörnchen und C-Hörnchen zu dritt am Futterhaus. Ui, das gab Ärger! A-Hörnchen war zuerst da, einen Moment später kam C-Hörnchen von oben über den Flieder und B-Hörnchen über den Zaun. Als hätten sie sich verabredet.

Argwöhnisch beobachtete A-Hörnchen das Herannahen der Konkurrenz. Seine steigende Erregung spiegelte sich im Takt seines immer schneller schlagenden Schwanzes.

C-Hörnchen kam noch ein Stück näher.

Zur Antwort sprang A-Hörnchen auf den Fliederast. C-Hörnchen verharrte und machte noch einen winzigen Schritt – und übertrat damit die unsichtbare Grenze. A-Hörnchen reichte es endgültig. Ohne weitere Vorwarnung sprang er dem Störenfried ins Gesicht.

Beide Hörnchen spritzten auseinander. A-Hörnchen stürzte in seiner Rage halb vom Flieder. Er kletterte den Stamm aber gleich wieder hoch, um das Futterhaus zu verteidigen.

Unterdessen riskierte B-Hörnchen, das aus sicherer Entfernung zugesehen hatte, ihrerseits einen Versuch, zum Kasten zu gelangen. Sie zog sich allerdings sofort wieder zurück, als A-Hörnchen sich ihr drohend zuwandte.

An C-Hörnchen prallte die Machogeste dagegen ab und sie unternahm eine weitere Anstrengung, sich Futter zu holen. Umgehend sprang A-Hörnchen ihr entgegen und jagte sie in den Flieder.

Du schon wieder! Hast du immer noch nicht kapiert, wer hier der Boss ist?

C-Hörnchen wartete ein Weilchen im Flieder, bis A-Hörnchen zum Futterkasten zurückgekehrt war, und schob sich langsam wieder näher.

Donnerknispel! A-Hörnchen spannte die Muskeln zum Sprung. *Wie oft denn noch? Kann man heute gar nicht in Ruhe frühstücken? Wann lernst du es endlich?*

Auf eine weitere Konfrontation ließ C-Hörnchen es nicht mehr ankommen. Ist nicht gerade ein Motivationsschub zu wissen, dass man eh den Kürzeren zieht.

Sportlich, sportlich

Zu meinem eigenen Frühstück im sehnlich erwarteten Sonnenschein tauchte Beharrlich auf und schleckte glückselig am Ahornsirup, der von meinen Pfannkuchen übrig war. Irgendwann saß sie mittendrin. Das bereute sie ziemlich schnell.

Ach nee, das ist voll eklig! Alles klebrig!

Jetzt musste sie sich nicht nur das Gesicht waschen, sondern auch die Beine. Sie wischte sich diese ungeschickt am Hinterleib ab und verklebte sich dabei beinahe auch noch die Flügel. Slapstick vom Feinsten. Fast wie bei Loriot.

Ein wenig neidisch war ich aber schon, als ich sie bei ihren Verrenkungen beobachtete. So gelenkig möchte ich auch mal sein.

Ich probierte es gleich aus. Okay, ich komme mit dem Fuß auch noch an meinen Po, also alles gut.

Am Abend hatte ich Spaß mit einer kleinen Blattwanze. Sie lief beim Abendessen im Uhrzeigersinn an der Kante des Tisches entlang.

Immer rundherum.

Rundherum.

Ich habe extra das Smartphone beiseitegelegt, damit sie vorbeikommt.

Und noch eine Runde.

Irgendwann wurde ihr aber doch langweilig. Oder sie hatte einen Drehwurm. Also Richtungswechsel.

Und wieder rund um den Tisch.

Und noch einmal.

Rundherum.

Nach der gefühlt zehnten Runde ließ ich sie auf meinen Finger krabbeln und fragte sie, ob sie Kilometergeld bekomme. Sie schaute mich niedlich an und lief meinen Arm hinauf. Das sollte wohl ja heißen. Ich setzte sie zurück auf den Tisch und sie drehte noch zwei oder drei Runden. Schließlich war sie aber doch erschöpft und verschwand.

Vielleicht kommt sie morgen wieder.

Die Qual der Wahl

Beim Frühstück kam Beharrlich angeflogen. Natürlich war sie auf der Suche nach Essen. Die Schokoladen-Brownies, die der älteste Sohn meiner Freundin gebacken hatte, interessierten sie allerdings nicht. Selbst schuld. Lieber flog sie auf dem Boden herum und schaute sich hier ein Borkenbröcken und dort einen Blütenpollen an. Taugte alles nicht als Mahlzeit. Aber es sah lustig aus, wie der Staub, durch ihre Flügel aufgewirbelt, davonstob. Fast, als würde sie damit spielen und die Flocken jagen.

Als ich später das Fenster im Schlafzimmer schloss, sah ich draußen C-Hörnchen, die eine kleine Walnuss ergattert hatte. Wohin nun aber damit? C-Hörnchen rannte hin und her, sprang in die Samthortensie, sprang wieder heraus, lief im bodendeckenden Storchschnabel hin und her, beäugte vom Rasen aus zweifelnd den Rhododendron im Kübel und den Kirschlorbeer neben der Hortensie. Es sprang die Mauer hoch in den Efeu in Nachbars Garten und kam wieder zurück, die Walnuss immer noch im Schnäuzchen, zunehmend unschlüssig.

Oh Mann, ich kann mich einfach nicht entscheiden! stand ihr ins Gesicht geschrieben.

Sie rannte noch eine Weile umher und prüfte mögliche Verstecke. Am Ende wurde es eine Stelle unter dem Storchschnabel hinter dem Kirschlorbeer. Ich ahne schon, dass ich da im nächsten Jahr einen Walnuss-Schössling finden werde.

Nach so viel schwerer Entscheidungsfindung wollte C-Hörnchen Unterhaltung. Zum Glück kam gerade B-Hörnchen des Wegs. C-Hörnchen steuerte sofort auf sie zu und die beiden jagten sich um den Stamm der Tanne im Garten der anderen Nachbarin. Das war ein Spaß!

Irgendwann hatte B-Hörnchen keine Lust mehr und rannte weg.

Huhu, wo bist du denn geblieben? C-Hörnchen suchte mit lockenden Glucksern nach der Spielpartnerin, aber B-Hörnchen ließ sich nicht mehr blicken. Zufällig sah ich, wie sie sich still und leise über die Birke davonmachte.

Allein in der Tanne herumzuturnen, fand C-Hörnchen jetzt auch nicht so spannend und trollte sich nach einer Weile ebenfalls. Möglicherweise fand sich irgendwo jemand anderer zum Spielen.

Es gibt übrigens vier Gründe, aus denen Eichhörnchen einander jagen. Im Frühling sind es gewöhnlich Konkurrenzkämpfe männlicher Hörnchen um die Gunst der Weibchen. Hat ein siegreiches Männchen die Aufmerksamkeit eines Weibchens erregt, fordert dieses das Männchen auf, ihm zu folgen. Diese Verfolgungsjagden dienen dazu, den potenziellen Partner einzuschätzen. Revierkämpfe finden hingegen eher selten statt, da unsere europäischen Eichhörnchen nicht besonders territorial veranlagt sind.

Im Sommer und Herbst sind es die Jungtiere, die einander spielerisch durch die Bäume jagen, so wie meine Hörnchen heute. Dabei trainieren sie ihre Kraft und Geschicklichkeit.

Der vierte Grund ist der Schutz der Futtervorräte, die für das Überleben im Winter von höchster Bedeutung sind. Deshalb vertreibt A-Hörnchen die beiden anderen auch so vehement vom Futterhaus.

Aufdringlich

Neuerdings fliegt mir Beharrlich beim Frühstück immer ins Gesicht. Ich glaube, das ist ihre Art, sich darüber zu beschweren, dass ich sie ihrer Meinung nach bei der Speisenwahl nicht angemessen berücksichtige, weil ich in den letzten Tagen nur Müsli gegessen habe. Tja, es kann schließlich nicht immer nach ihrem Willen gehen. Wenn sie so weitermacht, taufe ich sie in Aufdringlich um.

Gefährliches Pflaster

Wenn man im Jagdschloss Grunewald arbeitet, sollte man nicht allzu zart besaitet sein. Von abgetrennten Köpfen auf den Cranach-Gemälden rede ich hier gar nicht. Auch nicht von den Hunden, die mit ihren Besitzern im Innenhof in Scharen anzutreffen sind. Die sind erstaunlich friedlich.
Nein, die Gefahren lauern in den Bäumen. Da fällt ständig was runter und zwar keine Äste.
Das Thema Spatzen hatten wir ja schon. Aber das sind nicht die einzigen Plagegeister.
Heute stand ich mit meinem Kollegen draußen vor der Tür unter den beiden Linden. Plötzlich bemerke ich eine Schwellung unter meinem Shirt.

Was ist das denn? In einem Anflug von Panik hebe ich den Stoff an und da klebt eine Raupe zusammengerollt auf meinem Unterhemd. *Urgh.*

Ich habe sie mit spitzen Fingern abgepflückt und auf den Boden geworfen. Ich sage euch, die war so groß wie mein kleiner Finger. So eine große Raupe habe ich noch nie gesehen.

Na, immerhin war sie AUF dem Unterhemd und nicht DARUNTER. Trotzdem begann meinem Kollegen und mir gleich die ganze Haut zu kribbeln.

Schlimmer geht allerdings immer. Ein Freund von mir wunderte sich zu Hause, weshalb sein Bauch auf einmal so brannte. Als er den Pulli anhob, stach die Wespe, die seinen Bauch traktiert hatte, ihn gleich noch in den Finger.

Beharrlich war es aber nicht, Ehrenwort.

Mausetot

Schon wieder eine weniger. Bald hat der Fuchs sämtlichen Mäusen im Garten den Garaus gemacht. Ich hätte die Schuhe nicht wegwerfen sollen, die hätten ihn vielleicht abgelenkt! Der Räuber war in wenigen Wochen erfolgreicher als die Katze aus der Nachbarschaft in den letzten Jahren.

Immer diese Störungen

Heute trete ich aus der Haustür, um vor dem Kellerfenster ein Stück Rollrasen auszulegen, den der Gärtner übrighatte, da sehe ich C-Hörnchen am Futterhaus. C-Hörnchen bemerkt mich natürlich auch und schlägt nervös mit dem Schwanz. Ich setze mich ganz ruhig in die Tür und warte. C-Hörnchens Schwanz buschelt noch ein bisschen mehr, während es mich beäugt. Vorsichtshalber springt es hoch in die Fliedergabel.

Ich sage: „Ach, C-Hörnchen, ist doch alles gut. Ich tue dir nichts."

Ach so, na dann. C-Hörnchen entspannt sich und kehrt zum Futterkasten zurück.

Kaum hat sie den Deckel geöffnet und sich einen Sonnenblumenkern geholt, nähert sich von unten am Fliederstamm hochkletternd die Maus. Huch! Beide kriegen einen Schreck und flüchten – C-Hörnchen wieder hoch in die Fliedergabel, die Maus den Stamm entlang nach unten.

Das Spiel wiederholt sich mehrere Male. Schließlich hat C-Hörnchen genug von der andauernden Störung und verabschiedet sich über den Gartenzaun. Darauf hat die Maus nur gewartet. Keine Minute später sitzt sie auf der Plattform vor dem Haus und sammelt die Krümel ein, die C-Hörnchen zurückgelassen hat.

Gut, dass für alle genug da ist. Ich habe schon Sonnenblumenkerne nachbestellt. Der Winter kommt erst noch.

Ich habe den Fuchs „Rocket" getauft – nach dem Waschbären aus „Guardians of the Galaxy". Während ich vorhin telefonierte, kam er zwischen Hecke und Zaun der Nachbarin angeschlichen. Die Stelle wurde gerade von der raren Sonne beschienen. Rocket wähnte sie daher ein guter Platz für ein Nickerchen (jetzt im September ist die Wahrscheinlichkeit eines Sonnenstichs ja auch eher gering). Er gähnte und wollte es sich gerade gemütlich machen, als er mich erspähte, die ich hinter der Scheibe des Küchenfensters stand. Anders als die Eichhörnchen, wenn ich ihnen beim Fressen zusehe, störte Rocket mein Anblick. Er starrte mich eine Weile an und trottete schließlich missmutig weiter, um sich eine andere Stelle zum Dösen zu suchen.

Karmapunkt

Oje, jetzt tun mir schon die Schnecken leid. Ich hatte eine von ihnen mit einem Eichenblatt vom Boden aufgehoben und war mit ihr auf dem Weg zur Biotonne, da drehte sie sich zu mir um und streckte so zutraulich ihre Fühler aus. Das hat mich erweicht und jetzt sitzt sie auf der Einfahrt und wird wohl gleich wieder schnurstracks meine Beete ansteuern. Ach egal, ich habe keinen Salat und so viele Blüten haben sie und ihre Artgenossen nun auch wieder nicht abgefressen. Vielleicht gibt es dafür einen Karmapunkt im himmlischen Register.

Jagd(schloss)geschwader

Heute war es kühl und windig und so waren im Hof des Jagdschlosses nur wenige Tische besetzt. Die Spatzen hatten sich ein Ehepaar auserkoren, das sich gerade mit seinem Kaffegedeck hingesetzt hatte. Objekt ihrer Begierde war das Stück Kirschkuchen, das vor dem Ehemann stand. Ich unterhielt mich ein bisschen mit den beiden und erzählte ihnen, wie frech unsere Spatzen seien. Wie um das Gegenteil zu beweisen, waren besagte Spatzen auf einmal weg. *Nanu?* wunderte ich mich. Wohin konnten sie nur so schnell entschwunden sein? Egal, sie müssen unseren Gästen ja auch nicht ständig auf den Wecker fallen. „Jetzt können Sie Ihr Stück Kuchen doch in Ruhe essen", sagte ich zu dem Mann.
Ich hatte noch nicht ausgeredet, da stieß hinterrücks ein einzelner Spatz mit ausgebreiteten Krallen aus der Luft herab wie ein Adler auf seine Beute. Der Mann konnte ihn im letzten Moment daran hindern, auf dem

Kuchen zu landen. Eine halbe Sekunde später griff der Rest des Jagd(schloss)geschwaders an und belagerte das Paar ein weiteres Mal. Sie hatten sich nur aus taktischen Gründen zurückgezogen – zwecks Lagebesprechung und um ihre Opfer in Sicherheit zu wiegen, bis diese in ihrer Wachsamkeit nachließen. Von dieser Strategie war ich zugegeben beeindruckt, auch wenn sie nicht von Erfolg gekrönt war.

Eine lebt noch

Mindestens eine der Vorgartenmäuse lebt noch! Da bin ich wirklich erleichtert. Ich hatte schon Sorge, Rocket hätte die gesamte Population gekillt. Aber heute lief eine der Kleinen wieder hurtig am Stamm des Blauregens hinauf und verschwand im Futterhaus. Da fällt mir ein, dass ich es auffüllen muss. Ich gehe dann mal.

Sonntagsfrust

Beim Frühstück konnte ich mir endlich mal wieder die Sonne auf den Buckel scheinen lassen. Herrlich! Sogar eine Libelle gesellte sich mir zu und ließ sich auf meinem Hosenbein nieder, um ebenfalls ein paar Sonnenstrahlen zu genießen. Nur die Fliegen waren lästig. Die umschwärmten uns beide penetrant. Die Libelle flog dauernd auf und suchte sich drei Zentimeter weiter einen neuen Platz auf meiner Hose. Half aber nichts. Die Fliegen kamen gleich zurück und nervten weiter. In meinem Tee hat sich auch schon wieder eine ertränkt. Nicht mal am Sonntag hat man seine Ruhe.

Selbst Frau Amsel hat ihren zickigen Tag. Ich dachte eigentlich, nur die Männchen seien so dominant, aber vielleicht hat sie sich mit ihm gezankt und ist deshalb schlecht gelaunt. Sogar dem Rotkehlchen gönnt sie den Platz im Garten nicht. Mich beobachtet sie eine Weile unter den Rosen hervor und macht sich dann mit lautem „Tschak tschak!" Mut, an mir vorbeizuhüpfen.
Ja, ja, das kleine Rotkehlchen anmachen und vor der großen Menschenfrau kuschen, so haben wir's gern.

Spiel oder Strategie?

Bei den Hörnchen ging es wieder rund. C-Hörnchen saß am Futterkasten und ließ sich die Sonnenblumenkerne schmecken, als sich über die Tanne B-Hörnchen näherte. C-Hörnchen wurde ein bisschen aufgeregt, aber es sah nach freudiger Erregung aus. B-Hörnchen sprang auf den Flieder und trieb C-Hörnchen in die Tanne. Und dann ging es rund um den Tannenstamm und rauf und runter, hin und her. In einem Tempo, dass ich mit den Augen kaum folgen konnte. Bestimmt eine Minute lang. Danach sahen die beiden total erschöpft aus. B-Hörnchen saß in den unteren Ästen, C-Hörnchen eine Etage höher. Keine von beiden rührte sich. Erst ein Sonnenstrahl brachte B-Hörnchen dazu, sich einen Zentimeter nach links zu drehen. Die Sonne blendete sie wohl in den Augen. Aber nur nicht zu viel bewegen. In der Sonne war es behaglich. Leider währte diese nicht lange. Trotzdem blieb B-Hörnchen still sitzen, C-Hörnchen auch. Vielleicht waren sie beide eingenickt.

Jetzt gerade hockt B-Hörnchen allerdings selbstzufrieden vor dem Futterkasten. Diente die ganze Aktion also doch nur dazu, C-Hörnchen da wegzukriegen und sich selbst den Bauch mit Sonnenblumenkernen vollzuschlagen?

Gibt's denn nichts Anständiges?

In letzter Zeit war es meist kühl und feucht, weshalb ich heute zum ersten Mal seit Tagen wieder draußen zu Mittag gegessen habe. Prompt kam Beharrlich angeflogen. Das Hühnchen war nach ihrem Geschmack. Nachdem sie eine Runde um den Teller gedreht hatte, war sie allerdings sichtlich ernüchtert. *Was ist das denn? Das riecht komisch und ist scharf.* War es eigentlich gar nicht. Die Frühlingszwiebeln waren schärfer als das Sambal Oelek. Da wäre locker noch eine Steigerung drin gewesen. Fand Beharrlich allerdings nicht. Auch beim zigsten Anflug konnte sie sich mit meiner Asia-Küche nicht anfreunden. Erst als ich fertig war, wagte sie es, auf dem leeren Teller herumzukrabbeln. Wenigstens mal probieren. Aber das Hühnchen hatte ich natürlich aufgegessen, und die Nudelreste verschmähte sie und putzte sich gleich noch die Fühler, damit auch ja kein Rest Sauce dran klebt. Beim Abflug steuerte sie mir genau ins Gesicht. *Du bist so gemein! Nie denkst du an mich!*
Tja, kann ich ihr nicht helfen, wenn sie so wählerisch ist. Die Marzipantorte gestern interessierte sie auch nicht, ebenso wenig die Nusstorte. Dabei müssten die Larven eigentlich schon geschlüpft sein. Ach, richtig, Süßes geht ja nur in flüssiger Form – die Wespentaille, ihr wisst schon.

Whirl-Wasp

Ein schöner warmer Tag war das heute, richtiges
Feiertagswetter. Leider spürte ich davon im
Jagdschloss wenig, weil es innerhalb der Mauern schon
ganz schön klamm ist. Entschädigt wurde ich durch
nette Besucher und ein Bläserkonzert im Hof, dessen
Töne bis zu uns in die erste Etage hochschallten.
Doch trotz Winterjacke war ich am Abend
durchgefroren. Zum Glück hatte ich meinen
Whirlpool angeheizt und konnte nach der Arbeit
gleich hineinspringen, um mich aufzuwärmen und
meine Muskeln zu lockern.
Beharrlich kam auch angeflogen. Sie wollte unbedingt
mit in den Pool und krabbelte auf dem Rand Richtung
Wasser. Ich konnte sie im letzten Moment davon
abhalten, sich kopfüber ins blubbernde Nass zu
stürzen, indem ich sie sanft zurückstupste. Sie sah
schließlich ein, dass die Aktion zu waghalsig war. Ein
wenig rührend fand ich es aber schon, dass sie mir so
gern Gesellschaft leisten wollte. Ob ich sie in
Anhänglich umtaufe? Auf jeden Fall weiß ich jetzt
schon, dass ich sie noch mehr vermissen werde als
Lästig und Nervig.

Quiche und Federweißer

Der Tag lud noch einmal dazu ein, draußen Mittag zu essen. Passend zur Jahreszeit gab es Quiche und Federweißen.

„Neuer Wein, der ist fein" – das wissen natürlich auch Beharrlich und ihre Freundin. Schon sind sie da. Blöd nur, dass man im Glas nicht gefahrlos landen kann. Beharrlichs Freundin gibt nach ein paar Versuchen auf. Beharrlich natürlich nicht, sonst wäre sie ja nicht Beharrlich. Und schon liegt sie im Wein und paddelt darin herum. Sonderlich unglücklich wirkt sie nicht, aber ich beschließe, sie trotzdem aus dem Glas zu holen. Erst will sie nicht und weicht der Gabel aus. Schließlich bekomme ich sie aber doch zu fassen. Ich versuche, sie auf dem Rand des Brunnens abzuladen, doch sie krabbelt im letzten Moment von der Gabel und fällt ins Wasser. Auch gut, da kann sie sich den klebrigen Wein abwaschen. Nach ein paar Sekunden pflücke ich sie aus dem Brunnen und setze sie am Rand in die Sonne, wo sie sofort anfängt, sich zu trocknen und zu putzen. Das dauert eine Weile und so lange kann ich in Ruhe essen. Dann ist sie wieder da. Offenbar hat sie aus ihrem Erlebnis aber doch gelernt, denn sie lässt das – inzwischen ohnehin geleerte – Glas links liegen.

Ich nehme jetzt was von der Quiche, lässt sie mich wissen und landet mittendrauf.

So richtig mag sie die dann aber doch nicht. Einen kleinen Schinkenwürfel hätte sie zwar schon ganz gern, auch wenn es die falsche Jahreszeit ist, aber dazu müsste sie sich vorher durch die Eierpampe wühlen. *Ach, nee. Außerdem kleben meine Beine immer noch. Pfui, das mag ich gar nicht.*
Und putzt sich noch ein bisschen, ehe sie abschwirrt.

Überraschende Entdeckung

Rocket kann doch vegan! Ich habe es genau gesehen! Heute Morgen war er wieder beim Futterhaus und tat sich an den Sonnenblumenkernen gütlich, die die Eichhörnchen zuvor verstreut hatten. Von Mäusen und Meisen kenne ich das ja schon, und dass es Rocket zum Futterhaus zieht, weil er weiß, dass da die Mäuse sind, war mir auch nicht fremd. Dass er Sonnenblumenkerne frisst, wenn er keine Maus findet, hat mich allerdings doch überrascht. Aber auch ein Fuchs bevorzugt eben einen ausgewogenen Speiseplan.

Waschbär auf Abwegen

Waschbären sind mindestens so unternehmungslustig und verspielt wie Füchse – umso mehr, wenn sie jung sind. Einem von ihnen erging es so ähnlich wie der

Maus in meinem Kellerschacht. Er war auf seinem Erkundungsgang in den Müllcontainer des Jagdschlosses gefallen – vermutlich angelockt von den Düften, die daraus aufstiegen. Nun kam er nicht mehr heraus und fiepte zum Erbarmen. Unser Hausmeister erbarmte sich denn auch und kippte den Container an, so dass der Waschbär hinausklettern konnte. Anstatt sich dankbar zu zeigen, bedachte uns das Bärchen mit einem vorwurfsvollen Blick, als wollte es sagen: *Ihr habt euch ganz schön Zeit gelassen.*
Ja, so sind sie.

Laterne, Laterne

Ich glaube, Rocket ist ohne mich langweilig. Heute schickte mir der Gärtner ein Foto von der kleinen Laterne, die normalerweise an einem Haken im großen Staudenbeet hängt. Die lag ein paar Meter entfernt auf dem Rasen. Zugegeben, könnte es der Wind gewesen sein, aber der Sturm ist erst für morgen angesagt und bisher hat es noch kein Windstoß geschafft, die Laterne abzuhängen. Ich denke ja, dass Rocket damit herumgespielt hat. Dem werde ich heimleuchten, wenn ich wieder zu Hause bin!

Nachtrag:
Okay, es war doch nicht Rocket. Es handelte sich um eine andere Laterne, als ich angenommen hatte, diejenige nämlich, die unter einem der beiden Eisenbögen hängt. Der Faden ist gerissen. Das kann ich dem Fuchs nun nicht in die Schuhe schieben, so gut klettern kann er nicht. Schade eigentlich, war eine lustige Vorstellung – und beim Futterhaus hat er es ja tatsächlich geschafft, den Kasten herunterzureißen. Aber bestimmt hat er die herabgefallene Laterne über den Rasen gerollt. Von allein ist sie da, wo der Gärtner sie gefunden hat, jedenfalls nicht hingekommen – zumal der Wind aus der entgegengesetzten Richtung wehte. Da muss einer die Pfoten im Spiel gehabt haben – oder die Schnauze.

Hilfe, Spinnen!

Die Kamera hat mitten in der Nacht eine Spinne aufgezeichnet, die direkt vor der Linse an einem ihrer Fäden hochkrabbelt. Das sieht vielleicht gruselig aus, so eine weiß leuchtende Spinne vor dunklem Hintergrund. Sie wirkt durch Beleuchtung und Nähe einschüchternd, obwohl sie höchstens so groß ist wie mein kleiner Fingernagel.
Ich wusste gar nicht, dass Spinnen nachtaktiv sind. Andererseits können Keller ganz schön finster sein.

Ich glaube, das Video verschicke ich als
Halloweengruß.

Im letzten Jahr hat eine ihrer Artgenossinnen doch
tatsächlich meine Kamera lahmgelegt. Ich hatte mich
schon eine ganze Weile gewundert, warum diese
immer wieder mit der Meldung ausfiel: „SD-
Kartenspeicher voll."
Der Speicher konnte unmöglich voll sein, da die
Aufnahmen regelmäßig gelöscht werden. Ich dachte,
dass die Karte vielleicht nicht richtig steckt oder
feucht geworden ist. Also öffnete ich die Abdeckung
und zog die Karte raus. Und was musste ich sehen?
Ein klebriges Gespinst, das daran haftete. Spinneneier.
Da hatten die kleinen Langbeine doch glatt mein
Sicherheitssystem sabotiert.
Wer weiß, ob die Spinne heute Nacht nicht auch
einen Hackerangriff geplant hat. Was hatte sie
schließlich um 03:10 Uhr da zu suchen? Ob Rocket sie
geschickt hat, damit ich nicht mehr mitbekomme, was
er nachts im Garten treibt? Zuzutrauen wäre es ihm.

Früher habe ich immer geschrien, wenn ich eine
Spinne entdeckte – jedenfalls bei den großen,
haarigen, schwarzen. Dann kam mein Papa mit
Staubsauger oder Besen zu meiner Rettung.
Inzwischen habe ich mich besser im Griff. Ich fange die
Spinnen jetzt in einem Glas und setze sie an die Luft.

In meiner alten Wohnung wollte ich das im Winter auch mal tun – mit exakt so einer haarigen schwarzen Kellerspinne.

Ich stülpte vorsichtig das Glas über sie, schob einen Bierdeckel vor die Öffnung et voilà: schon war sie gefangen. Ich öffnete die Balkontür, nahm den Deckel weg und drehte das Glas um. Kaum schlug der Spinne die eiskalte Luft entgegen – es dürften so minus zwölf Grad gewesen sein –, stemmte sie sich mit all ihren Beinen gegen die Seitenwände des Glases und spann sich im Bruchteil einer Sekunde ein. Das hättet ihr sehen sollen! Sie war eindeutig der Ansicht, dass ich diejenige sei, die spinnt.

Das kannst du nicht machen! Das wäre mein sicherer Tod, du herzloser Mensch! Du würdest auch nicht wollen, dass man dich bei dieser Kälte aus der Wohnung wirft.
Nun ja, das stimmt natürlich und irgendwie tat sie mir schon ein bisschen leid.

Ich ging also zurück ins Zimmer und hielt die Glasöffnung unter den Heizkörper. Diesmal ließ sich meine Gefangene nicht lange bitten, sondern kletterte eins fix drei aus dem Glas und verschwand in der behaglichen Dunkelheit und Sicherheit der Heizung. Mir war nicht ganz so behaglich mit der haarigen schwarzen Spinne im Wohnzimmer.

„Bleib ja da unter der Heizung", rief ich ihr nach. „Wehe, du kletterst nachts in mein Bett! Dann fliegst du doch noch raus!"

Irgendwo muss man schließlich Grenzen ziehen.

Meine Mutter war allerdings schmerzlos, was Spinnen anbetraf – zumindest, solange diese außerhalb des Hauses waren. In Nevada besuchten wir einmal eine Ausgrabungsstätte und auf einer der Mauern saß eine Tarantel. Groß wie meine Faust und haarig, aber erstaunlich schön. Ihr Rücken glänzte wie Pyrit. Meine Mutter fotografierte die Tarantel und in ihrer Faszination beugte sie sich so weit hinab, dass das Bild unscharf wurde, weil der Abstand zur Kameralinse zu gering war. 1987 merkte man so etwas leider erst, wenn das Foto entwickelt war.

Indiana Jones

Früher war ich ein Fan von Indiana Jones. Einmal fühlte ich mich glatt selbst wie der Abenteurer im Gewand eines Archäologen, und zwar 2007 in der Kitzlochklamm im Salzburger Land. Oberhalb liegt ein Goldgräber-Versuchsstollen aus dem Jahr 1640. Als Höhlen- und Grubenfan musste ich da natürlich rein. Mit der Taschenlampe leuchtete ich den Gang aus. Als der Strahl die Decke streifte, sah ich sie: Dutzende schwarzer Höhlenspinnen mit Eierbeuteln. Die ganze Decke war voll von ihnen. Mir lief es kalt den Rücken hinunter und ich unterdrückte nur mit Mühe einen Aufschrei. Meiner Mutter ging es ähnlich (das waren einfach zu viele Spinnen und sie hätten sich jederzeit auf uns abseilen können). Eilig traten wir den Rückzug an. Allerdings nicht, ohne vorher noch ein Foto zu schießen – scharf diesmal.

Erster Auftritt D-Hörnchen

Beschäftigungstherapie für meine Eichhörnchen: Weil ich zwei Wochen nicht da war und den Kasten auffüllen konnte, habe ich ihnen als Entschädigung Walnüsse und Haselnüsse gekauft. Es dauerte nicht lange, da hatten es die Hörnchen spitzgekriegt. C-Hörnchen und A-Hörnchen waren den ganzen Vormittag damit beschäftigt, die Nüsse zu vergraben. Ich hatte zuerst nur eine Handvoll Walnüsse ins Haus getan und nachdem C-Hörnchen die abgeräumt hatte, beanspruchte A-Hörnchen die Haselnüsse, die ich nachgefüllt hatte, für sich.
Beiden Hörnchen sind schon ihr graurotes Winterfell und die Ohrpinsel gewachsen, die sie ebenfalls nur im Winter haben. Besonders A-Hörnchen hat eindrucksvolle Puschel.

Etwas später kam ein ganz kleines Eichhörnchen, das richtig zerbrechlich aussah. Das muss der diesjährige Nachwuchs sein, denn es weiß noch nicht, wie das Futterhaus funktioniert. Es probierte eine Weile herum wie C-Hörnchen im Frühjahr, nur dass es nicht auf der Klappe hockte, so viel hat es schon kapiert. Na, es wird sich schon noch abschauen, wie es das mit dem Deckel handhaben muss.

A-Hörnchen hat ein bisschen gegrantelt, als das neue Hörnchen kam, aber für seine Verhältnisse war er fast friedlich. Er ist das Kleine zwar kurz angegangen, hat sich dann aber getrollt und ihm den Kasten überlassen. Ob er der Vater ist? Oder ahnte er etwa, dass D-Hörnchen sowieso nicht an das Futter herankommt? Es hat schließlich nur ein paar Sonnenblumenkörner gefuttert, die beim Einfüllen danebengefallen waren. Getauft habe ich es D-Hörnchen. Ich bin gespannt, ob es morgen wiederkommt.

Später habe ich die Garage aufgeräumt. Die ist mehr Gartenhaus als Autoabstellplatz, aber in diesem Winter würde ich doch gern die Möglichkeit haben, mein Gefährt im Trockenen und Frostfreien zu parken. Im letzten Winter habe ich mich nämlich ganz schön geärgert, wenn ich morgens unnötig Eis kratzen musste. Wozu habe ich denn die Garage? Sicher nicht dazu, dass die Maus drin wohnt. Die ist allerdings gar nicht mehr da. Jedenfalls war nicht eine der vier alten Kartoffeln angenagt, die ich ihr vor dem Urlaub überlassen hatte. Ich habe sie heute auf den Kompost geworfen – also die Kartoffeln, nicht die Maus. Ich fürchte, die ist dem Fuchs zum Opfer gefallen. Schade, war eigentlich ganz nett mit einer Maus in der Garage.

Hat schließlich nicht jeder. Übrigens hat sie auch ein Loch in die Warnweste genagt, die auf dem Boden unter der Bank lag. Ja, ich weiß, was hatte die Warnweste da auch zu suchen? Ich hatte den ganzen Kram irgendwann mal dort abgelegt und dann vergessen. Wie das eben so ist. Wurde echt Zeit, mal aufzuräumen.

Als ich am Nachmittag auf der Terrasse einen Kaffee trank, kam gleich Beharrlich, um mich zu begrüßen. Sie leckte mir kurz die Finger und flog dann weiter. Sie ist wirklich anhänglich.

Er wird immer dreister

Heute genoss C-Hörnchen ihr zweites oder drittes Frühstück, als sie mal wieder vom Alpha vertrieben wurde. Der hatte aber eigentlich gar keinen Hunger, fraß nur zwei oder drei Sonnenblumenkerne und verschwand wieder. Entweder hatte er nur den Dicken markieren wollen oder er hatte Nüsse erwartet und war enttäuscht, nicht zu finden, was er sich erhofft hatte.
Den Rest des Tages ließ sich kein einziges Hörnchen mehr blicken. Bei den Nachbarn war nämlich Großkampftag im Garten, da lief den ganzen Tag die

Kettensäge. So viel Unruhe mögen die Hörnchen nicht.

Rocket hat schon wieder zwei Mäuse gekillt. Langsam sind keine mehr übrig, da er den Nachwuchs gleich mit frisst. Dabei habe ich noch versucht, eine der beiden Mäuse zu retten.
Heute Morgen (noch vor dem Kettensägeneinsatz) ziehe ich im Arbeitszimmer die Sonnenblende hoch, um mehr Licht hereinzulassen, und wen sehe ich? Rocket. Wir starren einander mit großen Augen an – neugierig, fasziniert und nur ein bisschen misstrauisch.
Ich sage zu meiner Freundin, die gerade zu Besuch ist: „Guck mal, Rocket wird immer frecher."
Sie stellt sich neben mich. Jetzt starren wir einander zu dritt durch die Scheibe an. Rocket stört unsere Gegenwart nicht im Geringsten, anscheinend hat er gelernt, dass Menschen hinter Glas ungefährlich sind. Außerdem liegen noch ein paar Meter zwischen uns. Er spielt schon wieder mit einer Maus und macht Anstalten, es sich mit seiner Beute auf dem Rasen gemütlich zu machen. Jetzt muss ich aber einschreiten! Ich öffne die Tür. Rocket ist kurz abgelenkt und die Maus unternimmt einen Versuch, ins Staudenbeet zu flüchten. Doch wir haben uns beide zu früh gefreut. Rocket macht einen Satz und schnappt zu, ehe er mit der Maus in der Schnauze das Weite sucht.
Ist das zu fassen? Der wird echt immer dreister!
Nächstes Mal schreie ich und wedle mit den Armen!

Gartenregel:
Wer raschelt in der Früh' ums Haus?
Das ist der Fuchs, der sucht 'ne Maus.

Zutrauliches D-Hörnchen

Das ging schnell. Heute hatte D-Hörnchen den Dreh bereits raus, wie man Kopf und Schultern unter den Deckel schieben muss, um ihn hochzudrücken. Schlaues Kerlchen. Es saß lange da und fraß sich an den Sonnenblumenkernen satt. Richtig glücklich sah es aus. Es ist übrigens ein ziemlich dunkles Hörnchen, mehr braun als rot, und dadurch leicht von den anderen zu unterscheiden.

Später hockte B-Hörnchen ewig am Futterhaus. Der Sonnenblumenkernpegel sank stetig. Unterdessen jagten sich C-Hörnchen und D-Hörnchen um die Tanne. B-Hörnchen hatte dazu augenscheinlich keine Lust. Nicht mal, als C-Hörnchen auf sie zusprang, um sie zu animieren. B-Hörnchen trollte sich lieber. C-Hörnchen holte sich unmotiviert ein paar Sonnenblumenkerne, denn eigentlich hatte sie ja mit B-Hörnchen spielen wollen, aber nun gut, mit irgendwas muss man sich ja trösten. D-Hörnchen hatte auch keine Lust mehr und hockte bewegungslos auf einem der oberen Äste und starrte in die Tiefe.

Und starrte.
Und starrte.
Vielleicht wartete es auf etwas. Oder döste einfach
vor sich hin.

Eben kam die Tochter meiner Nachbarin, um sich
anzusehen, wie das Ergebnis des Hecken- und
Baumschnitts von meiner Seite aus wirkt.
Es ist bereits ein wenig dämmerig. Wie wir da so
stehen und plaudern, stutze ich plötzlich. Sitzt vor
dem Futterhaus nicht D-Hörnchen? Tatsächlich.
Hockt seelenruhig da und isst zu Abend, keine zwei
Meter von uns entfernt. Lässt sich durch unsere
Gegenwart überhaupt nicht stören. Nur als wir ein
paar Schritte hin und her gehen, zieht es sich
vorsichtshalber in den Flieder zurück, entscheidet
dann aber, dass von uns keine Gefahr droht, und kehrt
zurück, um weiter zu futtern.
Jungtiere ähneln auch in dieser Hinsicht kleinen
Kindern: beide sind noch so vertrauensvoll. Die
Tochter meiner Nachbarin und ich sind uns einig:
einfach nur goldig.

Ruhe in Frieden!

Beharrlich ist tot. Ich fand sie eben unter meinem
Fernsehsessel. Sie muss sich gestern nach drinnen

verirrt haben, weil bei dem schönen Wetter die Terrassentür offenstand. Ich hoffe, sie ist nicht verhungert. Das würde mir ehrlich leidtun. Wahrscheinlich war für sie aber einfach die Zeit gekommen, diese Welt zu verlassen. Vorgestern saß sie auch schon ganz matt an der Scheibe der Terrassentür. Da habe ich sie noch nach draußen getragen und auf die Lehne der Bank in die Sonne gesetzt. Aber am Ende hat sie sich doch wieder ins Haus geschlichen. Ihr Dahinscheiden stimmt mich traurig. Sie war zum Schluss so anhänglich, dass ich sie richtig liebgewonnen hatte.

Ruhe in Frieden, Beharrlich. Du wirst mir fehlen. Eigentlich müsste ich dich postum doch in Anhänglich umtaufen.

Kitsune

Rocket hat ein neues Spielzeug entdeckt: die Schöpfkelle meines japanischen Brunnens. Als ich neulich Kopf und Stil in zwei Teilen neben dem Brunnen fand, schob ich es noch auf den Sturm. Aber heute lag die Kelle ein paar Meter vom Brunnen entfernt auf dem Rasen. Ersatzspielzeug statt meiner Schuhe? Vielleicht ist Rocket aber auch ein verkappter Kitsune, ein japanischer Fuchsdämon. Das fehlte mir noch: ein listiger Gestaltwandler im Garten. Ich behalte dich im Auge, Rocket!

B-Hörnchen hatte heute Stress. Erst landete der Eichelhäher im Flieder und bekundete Interesse am Futterhaus. B-Hörnchen sprang ihm ein Stück entgegen. Nachdem sie einander kurz belauert hatten, zog sich der Häher zurück. Leider kam kurz darauf A-Hörnchen und der ließ sich nicht vertreiben. Im Gegenteil zog nach mehrmaligem Gerangel B-Hörnchen den Kürzeren und musste dem Macho das Futterhaus überlassen. Man hat's echt nicht leicht als Eichhörnchen.

Verwöhnt

Heute Morgen waren die Hörnchen buchstäblich gegen den Strich gebürstet. Durch den Regen war ihr Fell feucht und wenn sie beim Rückzug aus dem Futterhaus mit Kopf und Rücken die Innenseite der Klappe streiften, stellte sich ihr Fell auf. B-Hörnchen hatte richtige Stacheln am Hinterkopf. Sie sah aus wie ein kleiner Punk.

D-Hörnchen ist anders. Ich hatte euch ja erzählt, dass sie entspannt sitzenblieb, als ich mit meiner Nachbarin vor dem Haus stand. Sie hockt überhaupt immer ganz gechillt vor dem Futterkasten, im Gegensatz zu A-Hörnchen, der ja zwischendurch hunderttausendmal nach Feinden und der Konkurrenz Ausschau hält. Das interessiert D-Hörnchen alles überhaupt nicht. Wieso Zeit vertrödeln, in der man doch lieber noch ein paar Sonnenblumenkerne mehr fressen kann? Sonnenblumenkerne mag sie wirklich besonders gern. Wenn ich obenauf Haselnüsse ins Haus schütte, fangen die übrigen Hörnchen sofort damit an, die Nüsse zu verbuddeln. Erst wenn keine mehr übrig ist, sind die Sonnenblumenkerne von Interesse. Nicht so bei D-Hörnchen. Die stopft sich erst mal seelenruhig mit Sonnenblumenkernen voll und versteckt danach vielleicht noch ein oder zwei Nüsse – oder frisst sie gleich. Wozu für den Winter vorsorgen? Ist doch alles da und ständig verfügbar.

Auweia, daran bin ich schuld. Ich verwöhne die Hörnchen zu sehr und habe den Nachwuchs verdorben. Auch darin ähneln die Jungtiere den Menschenkindern.

Aber vielleicht ist D-Hörnchen das erste Hörnchen, das dem kommunistischen Ideal vertraut und den Futterkasten für ein Gemeinschaftsdepot hält. Mit B-Hörnchen und C-Hörnchen könnte das sogar ansatzweise funktionieren. Aber ganz sicher nicht mit A-Hörnchen. Der vertreibt alle anderen Hörnchen erbarmungslos. *Alles für mich* lautet sein Motto. Der würde nicht ein Bröckchen für die anderen übriglassen, solange er selbst noch Hunger hat oder etwas vergraben kann. Eben hat er schon wieder B-Hörnchen verjagt und guckt jetzt argwöhnisch in der Gegend herum.

Nachtrag:
Ich revidiere meine Meinung über A-Hörnchen: Er muss doch ein paar Haselnüsse übriggelassen haben. Jedenfalls ist B- Hörnchen fleißig am Vergraben.

D-Hörnchen und C-Hörnchen haben sich heute Nachmittag ganz gut arrangiert. Erst wollte D-Hörnchen C-Hörnchen nicht ans Futterhaus lassen (doch nicht so kommunistisch), aber als C-Hörnchen ein paar Minuten später einen weiteren Anlauf nahm, überließ D-Hörnchen ihm den Platz dann doch. Na, also.

Letzte Chance

Die Spatzen vom Jagdschloss wissen ebenfalls, dass
bald wieder die schlechte Zeit anbricht. Das Café hat
nur noch am Wochenende geöffnet und die Leute
sitzen vermehrt drinnen, wo man nicht so gute
Angriffe fliegen kann. Deshalb sind sie am Samstag
noch mal zu Hochform aufgelaufen.

Szene wie folgt: Eine Frau mittleren Alters, Hund an
der Leine, holt sich Kaffee und ein Stück Kuchen und
setzt sich damit nach draußen. Ihr Handy klingelt. Sie
nimmt den Anruf an und beginnt eine Unterhaltung.
Zeitgleich zerrt ihr Hund an der Leine, weil er einen
anderen Hund sieht. Sie ist also vollauf beschäftigt, nur
nicht mit Essen.

Auf solche Steilvorlage kennen die Spatzen nur eine
Antwort: Jetzt oder nie! Im Schwarm fallen sie über
den Kuchen her. Die Frau schreckt zusammen und
versucht, sie zu vertreiben. Dumm nur, wenn man
keine Hand mehr frei hat.

Den Spatzen hat's jedenfalls geschmeckt.

Feindliche Übernahme

Der verflixte Fuchs, der verflixte! Erst jagt er vor
meinen Augen Mäuse (immerhin hat er diesmal keine
erwischt) und dann klaut er wieder Schuhe. Ich habe
ihm extra mein zweites altes Paar Gartenschuhe

hingestellt, weil er mich ja gezwungen hatte, neue zu kaufen, und die neuen tatsächlich super sind, sprich warm, bequem und wasserdicht. Also, danke, Rocket. Und was tut der Kerl? Verschleppt das neue Paar Schuhe auf den Rasen. Das macht der doch mit Absicht!

Meine Freundin Rebecca fragte mich heute schon, ob Rocket weiß, dass er nicht mein Haustier ist. Nein, weiß er nicht. Er führt sich sowieso eher wie der Besitzer des Gartens auf als wie ein Haustier.

Und ich sage euch, er hat einen Deal mit der Spinne laufen. Die SD-Karte in meiner Kamera geht schon wieder nicht. Das muss doch Sabotage sein, damit ich ihm nicht nachweisen kann, dass er meine Schuhe verschleppt! Ich glaube, ich muss mal ein Machtwort sprechen, sonst stehe ich bald vor der feindlichen Übernahme durch meine pelzigen Mitbewohner.

Nachtrag:

Habe ich es doch gewusst! Auf der Innenseite des Speicherkartenfaches waren wieder klebrige Spinnenfäden, die die Karte herausgezogen haben. Damit ist es bewiesen: Rocket arbeitet mit den Spinnen zusammen! Was er denen wohl als Bezahlung bietet? Kostenlose Wohneinheiten in den geklauten Schuhen?

Essenszeit

Eben habe ich wieder verzückt D-Hörnchen beobachtet. Inzwischen haben alle Hörnchen ihr dickes graues Winterfell und sehen aus wie ihre eigenen Großeltern, weshalb es mir momentan schwerfällt, B-Hörnchen und C-Hörnchen auseinanderzuhalten. D-Hörnchen ist dagegen leicht zu erkennen und nicht nur wegen der dunkleren Färbung: Sie ist immer noch grazil, ihr Schwanz ist nicht halb so buschig wie der der anderen drei und die Ohrpinsel ziemlich kurz. Außerdem hat sie ein unglaubliches hübsches Gesicht und kehrt mir beim Fressen nicht konstant den Rücken zu wie A-Hörnchen, der die ganze Zeit das Grundstück der Nachbarn im Auge behält. Deshalb weiß ich auch sicher, dass D-Hörnchen ein Weibchen ist.

Die Hörnchen haben relativ feste Essenszeiten: Frühstück je nach Jahreszeit und persönlicher Vorliebe zwischen sechs und acht, zweites Frühstück zwischen neun und elf, Mittag zwischen zwölf und vierzehn Uhr. Das Abendessen nehmen sie um diese Jahreszeit etwas früher ein, nämlich um fünf, ehe es dunkel wird. So ein bisschen erinnern sie mich an die Hobbits. Außer dem Nachtmahl lassen sie nichts aus. Vielleicht gönnen sie sich das im Sommer ja auch noch, ist mir bisher aber noch nicht aufgefallen.

Wenn es nicht gestört wird, kann so ein Hörnchen schon mal zwanzig Minuten und länger vor der Box sitzen und mit Unterbrechung futtern.

Jetzt gerade turnt D-Hörnchen oben auf der großen Eibenkugel herum, was sehr lustig aussieht. Ob sie auch Interesse an den roten Früchten hat?
Nicht, dass die Amseln welche übriggelassen hätten. Die lieben fast alle Früchte des Gartens. Bei den Felsenbirnen warten sie im Spätsommer nicht mal, bis die reif sind. I wo, die werden grün vertilgt und selbst dann müssen die Amseln sich ranhalten, denn Tauben und Meisen sind genauso scharf auf die winzigen Birnen. Mit unseren Sauerkirschen war es früher das gleiche, und von meinen Zierpflaumen habe ich in diesem Jahr auch wieder nicht viel gesehen. Aber ich kann's verschmerzen. Was ich hingegen gar nicht mag, ist, wenn die Vögel die Beeren der Mahonien fressen und mir dann die Terrasse blau scheißen. Die Flecke gehen kaum weg.

Du liebe Güte, D-Hörnchen hockt schon wieder am Futterhaus. Die kann vielleicht in sich hinein schaufeln. Wo lässt sie nur die ganzen Sonnenblumenkerne, gertenschlank, wie sie ist?
Wenn sie frisst, ist sie immer ganz konzentriert und macht den Eindruck, als könne sie gar nicht so schnell kauen, wie sie die Sonnenblumenkerne in ihr Schnäuzchen stopfen möchte.

Herr Amsel ist heute wieder angriffslustig. Erst hat er den Eichelhäher bis über die Straße gejagt. Und eben kam das Rotkehlchen zum Futterhaus gehüpft in der Hoffnung, dass C-Hörnchen Sonnenblumenkerne fallenlässt. Sofort grätschte Herr Amsel dazwischen: *Du hast hier nichts verloren, Kleiner! Verschwinde! Wenn hier einer die Kerne aufpickt, dann ich!*

Maus im Glas zum Frühstück

Eine Adventsgeschichte

Am zweiten Adventswochenende war ich bei meiner Schulfreundin Diana. Sie wohnt sehr malerisch auf einem Bauernhof. Ihre beiden Katzen Maggie und Felix können durch ihre Katzenklappe beliebig zwischen drinnen und draußen wechseln. Maggie hat auf ihre alten Tage das Mäusefangen für sich entdeckt. Mit Vorliebe beißt sie ihren Opfern den Kopf ab und dekoriert die kopflosen Kadaver auf der Treppe, weshalb meine Schulfreundin ihr frei nach Brechts „Dreigroschenoper" den Spitznamen „Maggie, das Messer" verpasst hat. Hin und wieder schleppt Maggie die Mäuse noch lebend in die Wohnung und spielt sie dort zu Tode.

Am zweiten Advent stehen Diana und ich in der Küche, kochen Kaffee und überlegen, was wir zum

Frühstück essen wollen, als unser Blick auf Maggie fällt, die eben mit einer Maus ins Wohnzimmer kommt.

„Ach Herrje, nicht schon wieder!", entfährt es meiner Freundin. „Ich kann ihr das einfach nicht abgewöhnen."

Maggie lässt die Maus los, die unter der Stiege zur Galerie Schutz hinter meinem Rucksack sucht.

„Lass uns die Maus retten", sage ich.

Wenn ich schon meine eigenen Mäuse nicht vor dem Fuchs retten kann.

Das ist allerdings einfacher gesagt als getan. Wir versuchen die Maus hinter meinem Rucksack hervorzulocken – mit dem Ergebnis, dass sie an uns vorbei in die Küche flitzt. Nun gut, da wird es hoffentlich leichter sein, sie zu fangen. Ich schließe hinter mir die Türen, damit sie uns nicht wieder entwischt. Diana will die Maus in ein großes Glas locken, aber sie huscht an uns vorbei zur Tür – die, wie mir erst jetzt auffällt, unten eine Lücke hat, die für die Maus gerade groß genug ist. Doch mitten unter der Tür erstarrt sie, denn auf der anderen Seite lauert Maggie. Hinter ihr der Feind, vor ihr der Feind. Nicht eben rosige Aussichten. Ich fühle mit der Maus. In deren Augen stellen wir offenbar das geringere Übel dar, denn sie läuft zurück in die Küche und verschwindet unter der Anrichte. Dort gelingt es uns mit viel Geduld, sie in die Ecke zu treiben und mit dem Glas zu fangen. Sie drückt sich die Nase an der

Glaswand platt und starrt uns ängstlich an, während sie mit ihren Vorderpfoten Halt sucht, um ihrem durchsichtigen Gefängnis zu entkommen. Arme Maus. Ein Wunder, dass sie keinen Herzinfarkt erleidet.

Wir machen schnell ein Foto und verschicken es als Adventsgruß: „Wir wünschen euch allen einen friedlichen zweiten Advent. Zum Frühstück gibt es bei uns heute Maus im Glas."

Anschließend entlässt Diana die Maus draußen in die Freiheit. Hoffentlich gerät sie nicht gleich wieder Maggie in die Fänge.

Zum Frühstück gibt es Pfannkuchen – ohne Maus.

Erdnüsse sind auch Nüsse

Heute habe ich A-Hörnchen auf frischer Tat im Vogelhaus ertappt, wie er sich an den Erdnusskernen gütlich tat. Erinnert ihr euch daran, wie meine Mutter damals Erdnüsse in den Futterkasten gefüllt hatte und die gar nicht gut ankamen? Nun, auch die Hörnchen gehen mit der Zeit und sind inzwischen internationaler Kost gegenüber aufgeschlossen – jedenfalls, wenn die Erdnüsse schon servierfertig vorliegen. Vielleicht schmecken sie auch besonders gut, weil sie eigentlich für die Vögel gedacht sind. Ihr wisst schon, das Gras auf der anderen Seite des Zauns … Genau deswegen versuchen die Meisen nach wie vor, an die Sonnenblumenkerne der Eichhörnchen heranzukommen, obwohl zwei Meter weiter in der Eibe ihr eigenes, hörnchensicheres Depot hängt.

Das große Vogelhaus auf der Terrasse wurde letztens umgeworfen und der Inhalt geleert. Ich habe A-Hörnchen im Verdacht – ungestüm, wie er ist. Wenn er am Futterkasten sitzt, höre ich das Klapp, Klapp, Klapp der Klappe durchs halbe Haus und oft genug hängt hinterher der Kasten schräg, weil A-Hörnchen mit so viel Schwung abgesprungen ist. Ich habe das Vogelhaus jetzt vom Beet auf die Fliesen gestellt; hoffentlich hält es wilden Sprüngen da besser stand.

Selbst D-Hörnchen lässt sich die Butter nicht vom Brot nehmen – Verzeihung, die Sonnenblumenkerne aus der Box holen. Eben kam ein junges Eichhörnchen, das ich zum ersten Mal sehe – schätzungsweise im Alter von D-Hörnchen. Da hat meine Kleine sich zu einer moderaten Drohgebärde aufgerichtet, die genügte, um das andere Hörnchen den Rückzug antreten zu lassen. Jeder darf sich nun auch nicht aus dem Kasten bedienen!
Ich bin gespannt, ob das andere Hörnchen wiederkommt. Dann könnt ihr euch bestimmt schon denken, welchen Namen ich ihm verpasse.

Hörnchen im Glück

E-Hörnchen war tatsächlich wieder da. Heute Morgen hat es eine ganze Weile unter dem Flieder und zwischen den Astern nach Nüssen gegraben. Zwischendurch war es immer wieder im Futterhaus, um zu schauen, ob sich dort durch wundersame Fügung Nüsse manifestiert hätten. An den Sonnenblumenkernen hatte es dagegen kein Interesse. E-Hörnchen ist sozusagen das Gegenstück von D-Hörnchen.
Als es weg war, habe ich das Futterhaus mit ein paar Walnüssen und Haselnüssen aufgefüllt. Da kamen dann allerdings gleich die anderen Hörnchen an. B-

Hörnchen hat sich zweimal vergewissert, ob sie auch niemand beobachtet, ehe sie eine Walnuss wegschleppte. C-Hörnchen wollte lieber eine Haselnuss. Oder die Walnüsse waren schon alle. Die Hörnchen sind so fix, so schnell kann ich gar nicht gucken.

Die Erdnüsse im Vogelhaus sind auch schon wieder alle. Wenn das so weitergeht, reichen meine Vorräte nicht mal bis Weihnachten.

E-Hörnchen ist vielleicht ein lustiges Hörnchen. Schießt den Flieder rauf und runter, springt in die Tanne und zurück, windet sich um den Stamm, dreht sich dabei noch um sich selbst und jagt mit Begeisterung dem eigenen Schwanz nach. Nicht jeder kann sich so erfüllt mit sich selbst beschäftigen.

Übrigens geht es nicht nur den Hörnchen gut. Herr Amsel hat eben ausgiebig im Brunnen gebadet und ein paar Meter weiter hat der Eichelhäher es ihm im Vogelbecken gleichgetan. Nieselregen bei 2 Grad über Null? Kein Hindernis. Nur Frost kann den Spaß trüben.

Vier + eins = fünf

Ich habe mich nicht verzählt. Heute Morgen um halb neun waren sie alle da: A-, B-, C-, D- und E-Hörnchen. Sie haben sich ums Futter gestritten und in Flieder und Tanne rauf und runter gejagt, bis es B-Hörnchen zu bunt wurde. Wozu der ganze Stress? Schließlich gibt es noch das Vogelhaus auf der Terrasse. Sie stahl sich davon und setzte sich gemütlich ins Vogelhaus – sehr zum Ärger von Meise und Amsel. Bis der Eichelhäher auf dem Dach landete. Da suchte B-Hörnchen quietschend das Weite. Irgendeiner ist halt immer stärker als man selbst.

Frohe Weihnachten

Erster Weihnachtsfeiertag. Strahlender Sonnenschein. Das Thermometer zeigt minus acht Grad. Der Deckel des Futterkastens ist festgefroren. Arme Hörnchen. Zum Glück fällt es mir gleich am Vormittag auf, weil ich den Hörnchen zu Weihnachten ein paar Walnüsse und Haselnüsse in den Kasten packen will. Mit etwas Kraft bekomme ich den Deckel auf. Jetzt schaffen es auch wieder die Eichhörnchen.
Es dauert gar nicht lange, da kommt E-Hörnchen angesprungen. Es ist aufgeregt, gluckst vor sich hin (was wie Schluckauf klingt) und sichert in alle Richtungen. Erst nach einer Weile geht es zum

Futterkasten – und kann sein Glück kaum fassen: So viele Nüsse und niemand macht sie ihm streitig! E-Hörnchen macht den Kasten wieder zu, schaut vorsichtshalber in alle Richtungen und steckt die Nase witternd in die frostige Luft, ob auch wirklich kein anderes Familienmitglied in der Nähe ist. Das wiederholt sich drei oder vier Mal, ehe es sich sicher genug fühlt, um sich eine Haselnuss aus dem Kasten zu holen.

Sie haben ihre Vorlieben: D- und E-Hörnchen bevorzugen Haselnüsse, A- und B-Hörnchen Walnüsse, bei C-Hörnchen weiß ich es nicht. Jedenfalls bleibt E-Hörnchen mit seiner Haselnuss gleich im Flieder und knackt sie in Windeseile. Keine halbe Minute braucht es, um an den Kern zu gelangen und ihn zu verspeisen. Das Knurps, Knurps, Knurps hört man durch das geschlossene Fenster.

Sofort geht E-Hörnchen noch mal zum Futterkasten und holt sich Nachschub. Damit verzieht es sich in die Tanne und macht auch diese Nuss nieder.

Nach und nach kommen die anderen Hörnchen angesprungen. Jetzt wird erst mal gespielt. Schließlich muss man sich warmhalten. Vor allem mit dem etwa gleichaltrigen D-Hörnchen tollt E-Hörnchen herum, dass es eine Freude ist zuzuschauen.

Frohe Weihnachten, meine Hörnchen!

Wer zu spät kommt

Heute Morgen um kurz vor neun haben sich die Hörnchen an der Futterbox wieder die Klappe in die Hand gegeben – oder besser gesagt in die Pfote. Und sie haben mich eines Besseren belehrt: Die Nussvorlieben wechseln durchaus. Heute bevorzugten C-Hörnchen und D-Hörnchen Walnüsse, B-Hörnchen und E-Hörnchen Haselnüsse. Tja, und A-Hörnchen, der hat nur noch Sonnenblumenkerne abgekriegt (falls er nicht schon früher da war und sich seinen Anteil gesichert hat).

Das Eichelhäherpaar mag die Erdnüsse im Vogelhaus genauso gern wie die Eichhörnchen. Eben hat einer der beiden sie dem anderen streitig gemacht. Sie sind zwar immer zusammen, aber die Nüsse gönnen sie sich gegenseitig nicht. Naja, so ist das halt bei alten Ehepaaren. Für die Hörnchen ist jedenfalls nicht viel übriggeblieben. Gut, dass ich noch zwei Beutel in Reserve habe.

Vorhin saß Herr Amsel unter dem Vogelhaus und pickte unmotiviert auf dem Boden herum.
Das blöde Hörnchen da oben könnte ruhig mal ein paar Sonnenblumenkerne fallenlassen, schien er zu denken. Das Hörnchen – es war C-Hörnchen – dachte aber gar nicht daran zu krümeln. Das Einzige, was es Herrn Amsel vor die Füße warf, waren die Schalen.

Die Meisen versuchen alle Tage, am Brunnen zu trinken oder zu baden. Der ist nur leider vereist. Sieht niedlich aus, wenn sie darauf herum schlittern, aber ihnen gefällt das gar nicht. Sie machen jedes Mal sofort den Abflug.

Hoffentlich ist die Pumpe noch heil. Es waren doch ein oder zwei Nächte mit zweistelligen Minusgraden dabei. Der Frost kam nach meinem Geburtstag so schnell, dass ich nicht mehr dazu gekommen bin, das Wasser abzulassen. Hätte ich viel früher machen sollen, aber ich wollte den Vögeln nicht den Badespaß nehmen. Zum Glück soll es ab morgen wieder wärmer werden. Nicht, dass noch die Brunnenschale springt!

Ich glaube, ich spinne!

Meine versponnenen Mitbewohner haben neben den Zimmerecken jetzt auch die Badewanne und vor allem die Dusche für sich entdeckt. Viel besser als der Keller!

Großartig, einfach großartig.

Also, nicht dass ihr mich falsch versteht: Ich freue mich über reinliche Hausgenossen, wirklich, aber jetzt muss ich immer erst die Duschkabine checken, wenn ich duschen will, damit ich die Langbeinigen nicht versehentlich in den Ausguss spüle.

Meine Kellerdurchgänge haben sie auch schon wieder eingesponnen. Die Weben waren letzte Woche noch nicht da. Ehrenwort.

Tierische Ruhestörung

Rocket ist in der Ranz und sucht nach einer Partnerin. Oder er liefert sich Revierkämpfe mit einem Konkurrenten. So genau konnte ich das bisher nicht feststellen. Ich weiß nur, dass er nachts und am Tage keckert und bellt, dass ich gestern Morgen vor Schreck fast aus dem Sessel gesprungen wäre. Ich dachte, da wird jemand massakriert.
Das Keckern (Fachsprache für Fuchsgekreische) klingt nach einer Mischung aus Katzenjammer und Eichelhäher. Dazu passt, dass Füchse und Wildkatzen ein sehr ähnliches Verhalten an den Tag legen sollen. Füchse können sogar ihre Krallen ein Stück einziehen, obwohl sie zu den Hunden gehören. Ich sage ja: in jeder Beziehung eine Mischung aus Hund und Katze. Na, jedenfalls schaue ich aus dem Küchenfenster und sehe Rocket, wie er um das Haus der Nachbarin herumrennt und dabei bellt und schreit.
„Wirst du wohl Ruhe geben, Rocket!", rufe ich.
Rocket schaut mich an und rennt dann wieder wie ein Irrer los, erst in die eine, dann in die andere Richtung, bellt und ... naja, das hatten wir ja schon. Leider

konnte ich nicht sehen, was sich hinter dem Haus abspielte, das hätte sicher für Erhellung gesorgt.

Das Gekeckere macht mich so kirre, dass ich schon geträumt habe, ein junger Wolfshund, der aussah wie der Fuchs, würde die Eichhörnchen fressen. Was für ein Alptraum.

Ich mag Rocket, aber eine ganze Fuchsfamilie brauche ich nun nicht. Ich war heilfroh, als ich vor zwei oder drei Tagen mal wieder eine Brandmaus erblickt habe – die erste seit Wochen. Wenn Rocket Gesellschaft kriegt, sind die Tage der verbliebenen Mäuse gezählt. Und die meiner Schuhe auch, falls ich sie draußen vergessen sollte.

Nachtrag:
Seit zwei Tagen herrscht wieder Ruhe. Entweder Rocket hat den Konkurrenten vertrieben oder eine Partnerin gefunden. Ich bin gespannt, wie es weitergeht.

Charaktervolles E-Hörnchen

Eben saß A-Hörnchen am Futterkasten. In seinem Bestreben, E-Hörnchen daran zu hindern, gleichfalls zum Zuge zu kommen, wäre er mal wieder um ein Haar abgestürzt. Gerade so konnte er sich noch an der Klappe festhalten. Das kommt davon!
E-Hörnchen gab nicht auf, kam mal von oben, mal von unten und blieb immer im Umkreis von zwei, drei Metern, wo es zwischendurch nach Nüssen suchte – oder zumindest so tat. Es ist nur halb so groß wie A-Hörnchen – wirklich noch ein Teenager.
Endlich war der Chef satt und trollte sich. Und E-Hörnchen? Das sprang ebenfalls davon. So nach dem Motto: *Jetzt will ich nicht mehr. Nur weil du den Platz räumst, komme ich noch lange nicht. Habe ich gar nicht nötig.*
Teenager, eben.

E-Hörnchen ist überhaupt besonders.
Heute hatte ich wieder mal ein paar Walnüsse und Haselnüsse in den Kasten gepackt; außerdem ein paar Walnusskerne, die ich zwar frisch gekauft habe, die aber bitter schmecken und mir für mein Müsli nicht so zusagen. Den Hörnchen war es wie erwartet einerlei.
E-Hörnchen kam, sah und bediente sich. Husch, husch schleppte es sämtliche Nüsse ab, ehe die anderen Hörnchen überhaupt mitbekamen, dass es etwas zu holen gab. Zuerst die Haselnüsse. Mit den beiden

Walnüssen hatte es nämlich Schwierigkeiten. Die rutschten ihm immer wieder aus den Pfoten und fielen zurück in den Kasten. Beim dritten Anlauf klappte es endlich und E-Hörnchen suchte sich zum Vergraben einen besonders guten Platz bei den Nachbarn. Zuletzt holte es sich die Walnusskerne. Aber anstatt diese sofort zu verspeisen, verbuddelte es sie ebenfalls. Und zwar alle, selbst die Krümel. Das bestätigt, das E-Hörnchen das genaue Gegenteil von D-Hörnchen ist, das neulich ja nicht mal die noch in der Schale befindlichen Nüsse versteckt, sondern gleich vor Ort geknackt und aufgefuttert hat. Tja, da sieht man mal wieder, wie unterschiedlich die Charaktere sind – nicht nur bei den Menschen. Einer lebt in den Tag hinein, der andere geht auf Nummer Sicher.
Hoffentlich lässt E-Hörnchen die geknackten Nüsse nicht zu lange in der Erde liegen. Die schimmeln doch ohne schützende Schale. Wer ahnt denn auch, dass E-Hörnchen die vergräbt!

Die Hörnchen kommen genau wie ich jeden Tag später aus dem Knick. Januar ist wohl für uns alle die Zeit des Winterschlafs. D-Hörnchen schaute nach dem Essen sehr niedlich mit vor dem Bauch verschränkten Pfötchen in der Gegend umher. Eine Weile dachte ich, sie beobachtet mich, wie ich sie durchs Küchenfenster beobachte. Falls dem so war, zeigte sie jedenfalls keine Anzeichen von Besorgnis.

Sonst hätte sie sicher wieder eine Pfote an die Brust gepresst. Das ist eine süße Geste, die aussieht, als ob sie sagen wollte: *Jetzt erschreck mich doch nicht so! Mein armes Herz!*

Klopfspecht

Ein Buntspecht sitzt im Flieder vor der Terrasse und schaut herum. Er scheint auf die Aktivität von Insekten unter der Rinde zu lauschen. Er schaut, fliegt auf den Nachbarast, kehrt zurück und dreht den Kopf in alle Richtungen. Hüpft einmal um den Stamm herum und schaut wieder. Und dann denkt er sich: *Ach, was soll's*, fliegt nebenan ans Futterhaus und holt sich einen Erdnusskern. Den hackt er jetzt auf dem Flieder in aller Ruhe klein.

Gut, dass er nicht den Kuchen für meine Freunde angepickt hat, den ich über Nacht in Folie draußen habe stehen lassen, weil mein Kühlschrank voll ist.

Es ist Mitte Januar, weder sonnig noch warm, nur so um die Null Grad. Trotzdem sind heute alle versammelt: Meisen, Buntspecht (gestern war sogar ein Grünspecht da), Amseln, die beiden Eichelhäher, das Taubenpaar und mindestens fünfzehn Stare. Alle picken einträchtig im Rasen oder wuseln durch die

Büsche. Nur die Hörnchen haben sich noch nicht
blicken lassen – oder ich habe sie verpasst.
Dann bellt ein Hund und alle sind weg.

Mission Impossible

Ist das zu fassen? Meine versponnenen Mitbewohner
werden immer dreister. Da seilt sich doch eine vor
meinen Augen in schönster Mission-Impossible-Manier
genau über meinem Toast von der Decke ab. Ich
konnte mein Frühstück gerade noch in Sicherheit
bringen. Hier kann man aber auch nichts
unbeaufsichtigt lassen!
Sollte ich mir wegen dieser Seilschaften langsam
Sorgen machen? Erst die Sache mit der Kamera und
jetzt das. Wer weiß, was denen als nächstes einfällt?

Imponiergehabe vs. Harmonie

Morgens um halb neun sind alle hungrig: Die Meisen,
die Amseln, der Grünspecht, die Eichelhäher und die
Eichhörnchen. Und alle hocken erstaunlich entspannt
beieinander. Sonst gibt es immer irgendwann Gezeter,
Machtgehabe und wilde Jagden. Heute nicht. Die
einzige spielerische Jagd liefern sich B-Hörnchen und
D-Hörnchen, aber B-Hörnchen überlässt D-Hörnchen

für eine Weile großzügig den Futterplatz, ehe sie diesen wieder zurückfordert.

Der Grünspecht muss etwas Leckeres gefunden haben: Er hat so ein tiefes Loch in den Rasen der Nachbarin gehackt, dass er halb darin verschwindet. Hoffentlich hat er nicht die Nussdepots der Hörnchen entdeckt. Das gäbe Ärger. Aber es wird wohl eine Larve sein.

Ich werde jetzt dem tierischen Vorbild folgen und ganz entspannt frühstücken – allerdings weder Larven noch Nüsse.

Später am Tag:

Man könnte denken, es sei Frühling, dabei gibt sich nur die Sonne kurz die Ehre – eine Seltenheit in diesem Winter. Den Amseln genügt das als Anlass. Eigentlich brauchen sie überhaupt keinen Anlass, um ihrer Lieblingsbeschäftigung zu frönen.

Amselmännchen Eins springt in den Brunnen und beginnt zu planschen. Amselmännchen Zwei landet in der Kletterhortensie. Eins badet weiter. Zwei hüpft auf den Brunnenrand und verscheucht den Konkurrenten. Dabei will er gar nicht baden, nur stänkern und zeigen, wer im Garten das Sagen hat. Aufgeplustert hockt er auf dem Rand und zeigt aller Welt, dass dies sein Badebecken ist.

Was denn, da ignoriert ihn doch so eine freche Meise! Na, der gehören Manieren beigebracht!

Die Meise sucht das Weite. Dafür kommt Eins zurück. Zwei verfolgt ihn sofort. Eins lockt ihn geschickt zur Vogeltränke weiter hinten im Garten, indem er vorgibt, dort baden zu wollen. Tatsächlich kehrt er sofort zum Brunnen zurück. Fast wäre der Plan aufgegangen, doch Zwei kommt schnell hinter die Finte und jagt Eins um den Brunnen. Einmal, zweimal herum, dann fliegt Eins auf den Tisch. Ich motiviere ihn durchs Fenster und sage ihm, dass er genauso viel Recht hat wie Zwei, im Brunnen zu baden.

Zwei beschließt, der Konkurrenz was vorzuplanschen. Eins schaut sich das kurz an, ehe er entschlossen von der anderen Seite ins Wasser steigt. Im Brunnen ist schließlich genug Platz für beide.

Hat er gedacht. Aber nicht mit Zwei! Der vertreibt ihn schimpfend in die Hortensie, ehe er zu seinem Bad zurückkehrt.

Unterdessen landet das Amselweibchen hinten in der Vogeltränke und gibt sich in aller Ruhe ihrem Bad hin. Sollen die Kerle am Brunnen doch ihre Macho-Spielchen spielen!

Zwei hat sich jetzt genug vergnügt und tauscht mit Eins die Plätze. Endlich darf der auch in Ruhe baden, nachdem er die Rangordnung akzeptiert hat.

Mit lautem Tschak, tschak fliegt das Weibchen an den beiden vorbei. Man könnte meinen, sie lache die Männchen aus. Recht hat sie. Die und ihr Imponiergehabe!

Stürmisch und ungeduldig

Letzte Nacht ist der zweite Sturm in diesem Jahr über uns hinweggefegt. Dem ersten hat mein neues, eigenhändig zusammengeschraubtes Vogelhaus trotz seiner beeindruckenden Größe standgehalten.

Diesmal hat eine Böe es umgeworfen. Zum Glück ist es in den Formschnitteiben weich gelandet. Aber die Meisen haben heute Morgen natürlich dumm aus der Wäsche geschaut. Nachdem der Sturm leidlich abgeflaut war, habe ich das Futterhaus aufgerichtet. Sofort kam die Kohlmeise und zwitscherte mir vom Flieder aus motivierend zu. Vielleicht meinte sie aber auch: *Jetzt beeil dich mal! Hat lange genug gedauert. Ich schiebe schon seit Stunden Kohldampf.*

Nachdem das Futterhaus wieder festen Stand hatte, ging ich in die Vorratsküche, um die Erdnusskerne zu holen. Das Zwitschern der Meise wurde eindeutig erwartungsvoll. Ich schüttete ein paar Nüsse ins Haus und wandte mich zum Gehen. Noch ehe ich die Terrassentür erreicht hatte, segelte die Meise ins Haus, schnappte sich einen Erdnusskern und verschwand mit ihrer Beute.

Ich werte das jetzt mal als ein Dankeschön.

Eisbaden

Anfang März ist es noch mal kalt geworden, frostig sogar, weshalb Amseln und Meisen ihre Lieblingsbeschäftigung verwehrt bleibt. Dabei habe ich am Tag zuvor den Eisring extra aus dem Brunnen gehoben, damit die Wasserfläche wieder frei war. Aber in der Nacht hat es erneut gefroren und so schlittern die durstigen und badewilligen Vögel auf der Eisschicht herum und suchten vergeblich nach einer Lücke. Morgen haben sie bestimmt mehr Glück, da soll es zwei Grad wärmer werden.

Rocket hat mit dem Eis mehr Spaß, obwohl auch er eigentlich Wasser zum Trinken sucht. Zuerst beißt er in den Eisring, der immer noch auf der Terrasse liegt, und kaut auf den Stückchen herum. Knurps, knurps, knurps höre ich es bis drinnen. Dann lugt er über den Brunnenrand, springt elegant hoch und balanciert über die gefrorene Fläche. Er leckt am Eis und läuft einmal rund um die Brunnenfigur, ehe er wieder auf den Boden springt und meinen Korbsessel ansteuert. Zuerst denke ich, er will wieder meine Schuhe mopsen, aber nein, er okkupiert meinen Lieblingsplatz, gähnt herzhaft und rollt sich auf der Sitzfläche zusammen, um sich die Sonne auf den Pelz scheinen zu lassen. Irgendwann fällt ihm auf, dass ich ihn durch die Scheibe beobachtete. Er schaut mich an, als wolle er sagen: *Du lässt mich doch hier sitzen, oder?*

Dein Sessel ist gemütlich und dir ist es draußen sowieso zu kalt.

Hast ja recht, Rocket. Wer würde es auch übers Herz bringen, so einen hübschen Schlingel zu vertreiben?

Am folgenden Tag steht der Brunnen wieder hoch im Kurs, nicht nur bei Amseln und Meisen. Eine ganze Schar Spatzen hat bei ein paar warmen Sonnenstrahlen großen Spaß am Herumplanschen und Turteln am Beckenrand. Da fliegen die Tropfen nur so! Kleine Vögel können noch mehr spritzen als große! Herr Amsel ist sichtlich irritiert, dass sein Pool so voll ist, aber interessanterweise lässt er die Spatzen in Ruhe, obwohl sie sich gebärden wie eine Gruppe Jugendlicher im Freibad und ihm fast auf den Kopf springen. Frau Amsel bleibt gleich eine ganze Weile im Wasser sitzen, als wären dreißig und nicht drei Grad Celsius, und zieht nur hin und wieder den Kopf ein, wenn eine Meise über sie hinweg segelt.
Selbst Eichelhäher und Eichhörnchen geben sich die Ehre, allerdings nur auf einen Schluck.

Schuhdieb 2.0

Nachdem Rocket sämtliche Mäuse im Umkreis aufgefressen hat, macht er wieder Jagd auf Schuhe. Meine Gartenlatschen hat er diesmal wenigstens heil gelassen und nur auf den Rasen bzw. in die Rosen verschleppt. Meine Nachbarn fanden ihre Latschen hingegen zerkaut im Garten verstreut. Die anderen Nachbarn haben bei sich einen weiteren verwaisten Gartenschuh gefunden. Wer weiß, wer hier in der Gegend noch alles Opfer des frechen Fuchses ist. Ob ich ihm einen Lederball kaufen soll?

Fuchs, du hast die Schuh' gestohlen,
gib sie wieder her, gib sie wieder her!
Es fehlt ein Schuh, der andre auch.
Ich fand sie wieder hinterm Strauch.
Fuchs, die Schuhe kriegst du nicht,
stehen jetzt im Flur, stehen jetzt im Flur.

Unliebsame Überraschung

Gestern kam ich ausnahmsweise erst nach Mitternacht nach Hause – so spät war ich schon lange nicht unterwegs, seit der Pandemie sowieso nicht. Rocket gefiel das nicht.
0:39: Rocket läuft über den Gehweg Richtung Haus.
0:42: Ich laufe über den Gehweg Richtung Haus.
0:56: Rocket läuft noch einmal über den Gehweg Richtung Haus, bleibt stehen und starrt die Haustür an, als würde er denken: *Die kommt doch da jetzt nicht etwa noch mal raus? Nicht mal nachts ist man hier ungestört.*
Ja, sorry, Rocket, kommt nicht wieder vor.

Schwierige Entscheidungen

Nicht nur Menschen leiden unter Unentschlossenheit. Heute traf es E-Hörnchen.
E-Hörnchen baut einen Kobel und hat Baumaterial gesammelt, sprich kleine Zweige und Moos. Damit kommt es am Futterkasten vorbei und stoppt.
Eigentlich könnte ich mir schnell einen Snack genehmigen.
Öffnet die Klappe. Zieht den Kopf wieder zurück.
Mist, ganz vergessen, ich habe die Schnauze ja voll. Ach, das geht bestimmt auch so.
Öffnet die Klappe erneut.

Nee, so geht das nicht. Soll ich das Zeug irgendwo ablegen?
Rennt den Flieder runter und wieder rauf.
Besser nicht, nachher klaut das noch jemand. Aber mit voller Schnauze kann ich nicht fressen. Herrje, was mache ich denn jetzt?
Hockt geschlagene fünf Minuten am Zaun und meditiert über Zweige, Sonnenblumenkerne und den Sinn des Lebens, bis ihm die Erleuchtung kommt: Es springt davon und bringt das Baumaterial dahin, wo es gebraucht wird. Dann kommt es zurück und schlemmt Sonnenblumenkerne. Es sieht sehr zufrieden mit sich aus.
Die habe ich mir jetzt wirklich verdient!

Sauerei

Ich weiß immer genau, wenn die Krähe bei meinem übernächsten Nachbarn war. Dann kommt sie mit einem halben Brötchen oder Erdnüssen in der Schale an und weicht ihre Beute im Brunnen oder einer der Vogeltränken ein. Anschließend ist alles voller Schalenstückchen oder aufgeweichten Brotresten in trüber Brühe. Das ist so eine Sauerei, dass da kein anderer Vogel mehr drin baden will. Verständlich. Würde ich auch nicht wollen. Draus trinken schon gar nicht.

Noch schlimmer ist es allerdings, wenn die Krähe Vogelbeute anschleppt und ich noch vor dem Frühstück Federn, Gebeine oder Embryos finde, die ich wegräumen und saubermachen muss.

„Das ist eklig. EKLIG, Krähe, hörst du? Absolut widerwärtig. So was will ich in meinen Wasserschalen nicht sehen. Da kriegen die anderen Vögel doch ein Trauma!"

Potsdamer Frechfuchs

Rocket ist nicht der Einzige, der es faustdick hinter den Ohren hat. Der Fuchs, der seit einigen Jahren in der Wohnanlage meiner Potsdamer Verwandten lebt, schlägt ihn noch um Längen. Das ist vielleicht ein Frechdachs – Verzeihung, Frechfuchs!

Vor zwei Jahren hat er im Winter das Vogelfutter aus der Schale gefressen, die meine Verwandten auf den Balkonboden gestellt hatten. Da muss er wohl sehr verzweifelt gewesen sein. Sie haben ihn sogar dabei fotografiert, wie er ins Wohnzimmer hineinschaute. Das war so niedlich, dass die Pflegekräfte im Heim meiner Mutter die Fotos an die Wand ihres Zimmers pinnten. Dort hingen sie bis zu ihrem Tod und sorgten stets aufs Neue für Erheiterung.

Neulich hatten meine Verwandten ihre Rouladen mit Gemüse und Kartoffeln im Topf mit Glasdeckel auf den Balkon gestellt. Wohl gemerkt aufs Fensterbrett. Am nächsten Tag findet mein Cousin den Deckel in Scherben auf dem Boden und wundert sich. Weiter scheint aber nichts passiert zu sein. Er holt den Topf in die Küche und stellt ihn in den Ofen, um das Essen aufzuwärmen.

Seine Partnerin nimmt den Topf etwas später heraus, stutzt und fragt: „Wo sind denn die Rouladen geblieben?"

„Was?", sagt mein Cousin. „Na, die müssen doch …" In diesem Moment dämmert ihm, wer in der Nacht am Werk war. Freund Fuchs hat durch den Glasdeckel in den Topf gespäht und sich das Maul geleckt, den Deckel vom Topf gestupst und sich am Essen gütlich getan. Natürlich nur am Fleisch, was interessieren ihn Kartoffeln und Gemüse? Er ist da sehr traditionell. Daraufhin haben meine Verwandten die Reste des Mahls in den Biomüll geschüttet. Was der Fuchs übriggelassen hat, will man auch nicht mehr essen.

Heute kommt Rocket mit einer Tüte in der Schnauze den Weg entlanggetrabt. Als meine Nachbarn ihm verblüfft hinterhersehen, bleibt er stehen und dreht sich um, als wolle er sagen: *„Was? Noch nie einen Fuchs mit Tüte gesehen?"*

Er ist wirklich nicht dumm. Bei den übernächsten Nachbarn ist so viel zu holen, da lohnt sich eine Tüte.

Gestern habe ich mit meinen Nachbarn bei ihnen im Garten gefrühstückt. Rocket kam vorbei. Er war allerdings wenig begeistert, uns zu sehen, und nahm lieber den anderen Weg ums Haus. Vielleicht hatte er aber auch seine Tüte vergessen.

Gartenarchitekten

Jedes Jahr im Frühling wundere ich mich darüber, dass zwischen Hecke und Zaun die schönsten Blumen wachsen – zu Beginn Schneeglöckchen, Schachbrettblumen, Zwerg-Iris und Narzissen und jetzt Ende April riesige rote und gelbe Tulpen, dekorativ im Wechsel. Zugegeben gefällt es den Pflanzen in der Morgensonne ausnehmend gut, aber ICH habe die Blumenzwiebeln dort nicht eingesetzt. Tatsächlich habe ich die Eichhörnchen im Verdacht, meinen Garten heimlich umzudekorieren. Es wäre nur schön, wenn sie das IM Garten täten und nicht am Rand, wo ich gar nichts davon habe. Aber vielleicht üben sie noch. Oder sie wollen den Leuten auf der Straße eine Freude machen.

Verlockung

Heute Abend sitze ich mit einem Freund draußen auf der Terrasse. Bei einem unserer bevorzugten Restaurants hat er einen gemischten Grillteller und ich Rinderspieße bestellt.
Ein paar Meter entfernt läuft Rocket über den Rasen. Ich rufe: „Hey Rocket!"
Er bleibt stehen und schaut uns an. Trabt weiter. Bleibt wieder stehen und schaut hoch zur Terrasse. Man kann fast sehen, wie ihm das Wasser in der Schnauze zusammenläuft, als ihm der Fleischduft in die Nase steigt. So eine Verlockung. Da fällt es schwer zu widerstehen. Für einen winzigen Moment überlegt er, ob er zu uns kommen soll. Aber das Problem ist eben genau, dass WIR da sind. Wenn wir uns kurz umdrehten und das Essen unbeaufsichtigt ließen, würde er die Fleischstücke garantiert stibitzen. Ich erinnere nur an den Potsdamer Frechfuchs. So aber setzt Rocket nach kurzem Zögern seinen ursprünglichen Weg fort. Bestimmt bedauert er das den ganzen Abend.

Krimskrams

Auch die Krähe hat sich verbandelt. Ich habe die beiden Krims und Krams getauft und ihnen gesagt, sie sollen nicht immer so eine Sauerei hinterlassen. Bis

jetzt halten sie sich daran. Ich habe in den letzten drei Tagen nur eine Erdnussschale gefunden. Dafür muss ich sie immer wieder vom Meisenkasten in der Platane verscheuchen. Eigentlich ist es zwar egal, ob sie durchs Loch schauen, da der Kasten in diesem Jahr nicht besetzt ist. Aber sie sollen gar nicht erst auf komische Gedanken kommen.
Es ist übrigens ein Betonkasten, seit vor Jahren der Buntspecht ein Blutbad unter dem Meisennachwuchs angerichtet hat, nachdem er das Einflugloch im Holzkasten so vergrößert hatte, dass er Zugriff bekam.

Die Garagenmaus hat doch überlebt! Oder ihre Nachkommen wohnen jetzt in der Garage.
Jedenfalls hatte ich neulich Nachschub an Sonnenblumenkernen geordert. Die Postbotin hatte den Karton in die Garage gestellt und ich ließ ihn erst mal dort stehen. Ein paar Tage später entdeckte ich ein Loch in der Kiste und ein paar Sonnenblumenspelze auf dem Boden.
Die Maus, wusste ich sofort. Die kleinen Kerlchen haben ein phänomenales Näschen, dass sie durch Pappe und Plastik die Sonnenblumenkerne erschnüffeln.
Ich brachte einen der Säcke in die Vorratsküche und stellte die anderen beiden in der Garage ins Regal. Für die Maus füllte ich ein paar Kerne in einen Blumenuntersetzer. Ich bin ja nicht so.

Und der Dank? Die Schale ist leer und einer der Säcke im Regal angenagt. Also ehrlich!

Jetzt stehen alle Säcke in der Vorratsküche.

Gestern Morgen komme ich in die Küche und höre ein seltsames Surren. Es kommt von der Anrichte. Aus der Schale mit den Erdbeeren. Was zur …? Da frühstückt doch eine Wespe ungefragt eine meiner Erdbeeren! Das schamlose Geschöpf verfrachte ich umgehend nach draußen. Sich einfach einschleichen und meine Erdbeeren vernaschen!

Ist nicht die einzige Schwarz-Gelbe, die sich kürzlich hier hat blicken lassen. Ich habe schon mindestens drei von den Scheiben gepflückt, um sie vor dem Hungertod zu retten. (Es stehen nicht immer Erdbeeren in der Küche.) Einige habe ich zu spät entdeckt. Die konnte ich nur noch tot vom Boden auflesen.

Im Cecilienhof hatte sich letzte Woche sogar eine Hornisse ins Schlafzimmer des Kronprinzenpaares verirrt. Sie war schon halbtot, hatte bereits einige Führungen über sich ergehen lassen müssen. Zusammen mit der Schlossassistentin habe ich sie gerettet. Aus dem Glas geschüttelt, flog sie erleichtert in die Hecke unter dem Fenster.

Jetzt haben wir in der Nachbarschaft auch noch einen Waschbären! Hätte ich das geahnt, hätte ich den Namen „Rocket" für ihn reserviert. Eigentlich hätte ich es mir denken können. War schließlich nur eine Frage der Zeit, bis die sauberen Bärchen herausfanden, dass es sich in Stadtgärten gut leben lässt. Prompt hatte er einen Zusammenstoß mit Rocket. Der hält von derlei zugewanderter Konkurrenz gar nichts. Mein Nachbar erzählte, dass die beiden sich nachts in der Wolle gehabt hätten. Das erklärt den Krach, von dem ich neulich aufgewacht bin. Die beiden Streithähne haben während ihres Kampfes ein ganz schönes Spektakel veranstaltet. Das kann ja noch heiter werden.

Nicht schlecht, Herr Specht

Von gestern zu heute hat Diana bei mir übernachtet. Beim Frühstück wollten wir Hörnchen gucken, aber kein Hörnchen ließ sich blicken. Sonst kommen sie pünktlich. Dabei hatte ich extra noch Walnusskerne ins Haus gefüllt. Die hat D-Hörnchen erst nach elf entdeckt. Da war meine Freundin längst weg. Vorführeffekt.

Beim Frühstück erzählte mir Diana eine verrückte Geschichte. Ihr hatte mein Futterkasten für die Eichhörnchen beim letzten Mal so gut gefallen, dass sie gleichfalls einen gekauft und am Baum vor ihrem Haus befestigt hat. Und was passiert? Die Hörnchen kommen. Aber sie sind nicht die einzigen. Meise, Kleiber und Specht bekunden ebenso großes Interesse. Nach etlichen Versuchen gelingt es ihnen, die Plexiglasscheibe hochzuschieben, bis ein Spalt entsteht, durch den sie an die Sonnenblumenkerne kommen. Also nagelt meine Freundin ein Brett davor. Was macht der Specht? Er hämmert ein Stück aus der Seite heraus, bis der Zugang zum Futter wieder offensteht. Diana nagelt daraufhin ein Brett vor die Seitenwand. Der Specht betrachtet das als Herausforderung und hämmert seinerseits ein Stück aus dem Deckel. Meine Freundin verstärkt auch diesen. Jetzt wartet sie darauf, was dem Specht als nächstes einfällt. Ich habe ihr zu einem Futtertresor aus Stahl geraten.

Vaterleiden

Erinnert ihr euch an das Gebell und Geschrei im zeitigen Frühjahr? Rocket hat tatsächlich eine Partnerin gefunden – wir haben sie Mary getauft. Seit ein paar Wochen ist Rocket Vater. Die Kleinen habe ich allerdings erst zu Gesicht bekommen, als sie schon Halbstarke waren und das auch nur auf einer Kameraaufzeichnung der Nachbarn, die zeigt, wie sie sich im Garten vor dem Küchenfenster balgen.

Als Vater hat man natürlich Pflichten und zum
Schlafen kommt man auch kaum, weil einen die
Nachkommenschaft auf Trab hält. Nicht zu reden von
dem Waschbären, dem auch gelegentlich eine Ansage
gemacht werden muss, damit er seinen Platz nicht
vergisst. Außerdem stieg das Thermometer heute
wieder auf dreißig Grad im Schatten. Kein Wunder
also, dass Rocket seiner Familie entflohen ist und sich
bei mir im Garten ein ruhiges sonniges Plätzchen für
sein Nachmittagsschläfchen gesucht hat. Auf dem
Rasen zwischen den Farnen und der Liege. Er ließ sich
nicht einmal davon stören, dass ich ein paar meiner
Pflanzen wässerte. Er schaute nur kurz auf, gähnte
herzhaft und ausgiebig, und noch während er mich
ansah, fielen ihm die Augen wieder zu und der Kopf
auf die Brust. Zum Schluss lag er lang ausgestreckt im
Gras. Er hat eine ganze Weile geschlafen, während ich
an einer meiner Kurzgeschichten schrieb – bestimmt
eine Viertelstunde. Erst als ihn der Schatten erreichte,
machte er sich von dannen. So ein Fuchs mag es
nämlich warm.

Fellwechsel

E-Hörnchen sah ein paar Wochen lang ziemlich
ramponiert aus. Als hätte ihm jemand die
Schwanzhaare ausgezupft. Aber es war wohl doch nur

ein später und etwas radikaler Fellwechsel. Inzwischen sieht das Schwänzchen schon wieder ganz manierlich aus. Buschig war es auch vorher nicht – das kommt vielleicht noch, wenn es älter wird. Da ein Fellwechsel im Sommer wohl nur bei männlichen Eichhörnchen vorkommt, schließe ich daraus, dass E-Hörnchen ein Männchen ist. Womit das auch geklärt wäre.

Eigentlich könnte man das auch anderweitig erkennen, aber die Hörnchen sitzen fast alle so vor dem Futterkasten, dass ich ihre Geschlechtsteile nicht sehen kann, weil sie in die andere Richtung schauen. Und so richtig nah herankommen lassen sie mich nicht. Ist vielleicht ganz gut so; sie sollen im Umgang mit Menschen nach wie vor Vorsicht walten lassen.

Jetzt, wo es so lange hell ist, kommen die Hörnchen übrigens schon um sechs Uhr morgens zum Frühstück und holen sich manchmal abends um halb zehn noch einen Snack. Also doch Nachtmahl.

Fliederbären

Neulich Abend höre ich gegen 22 Uhr seltsame Geräusche vor dem Haus. Es klingt wie eine Mischung aus Rascheln, Fiepen und Grunzen. Ich schaue aus

dem Küchenfenster und sehe, dass jemand im Flieder
hockt und sich an der Futterbox zu schaffen macht.
So spät noch ein Hörnchen? denke ich verwundert. Es
ist doch schon dämmerig.
Es ist ein sehr großes Eichhörnchen.
Eigentlich sieht es gar nicht nach Eichhörnchen aus.
Neugierig geworden, öffne ich die Haustür und gehe
vorsichtig zum Flieder. Ich will das merkwürdige Tier
nicht verscheuchen.
Aus dem Geäst heraus leuchten mir zwei Augen
entgegen. Eine Katze?
Ich gehe vorsichtig näher. Meine Augen werden auch
nicht besser, wie ich zu meinem Leidwesen feststellen
muss.
Das Tier klettert ein Stück höher und kommt wieder
zurück. Inzwischen stehe ich direkt vor dem Flieder.
Hinter dem Tier erkenne ich schemenhaft ein zweites.
Wir starren einander an. Endlich erkenne ich sie. Der
Waschbärennachwuchs! Herrje, sind die goldig, wie sie
da herumturnen und fiepen! Sie jagen sich durch den
Flieder und die angrenzende Thujahecke, grunzen,
rascheln und fiepen und kehren schließlich zum Flieder
zurück, um sich erneut an der Futterbox zu schaffen
zu machen. Natürlich haben sie den Bogen, wie man
das Ding öffnet, schnell raus. Sie sind schließlich nicht
dumm.

Als ich die Box am nächsten Morgen inspiziere, fehlt
der Deckel. Er liegt hinten im Gebüsch. Das Scharnier

war schon brüchig und den nächtlichen Attacken der Waschbären konnte es nicht mehr standhalten. Immerhin haben die beiden noch einen Happen für die Hörnchen übriggelassen. Gut, dass die einen am Tage kommen und die anderen nachts. Das würde sonst mächtig Ärger geben.

Mein Nachbar berichtete mir am nächsten Morgen, dass der alte Herr, der unsere wilden Freunde füttert, verreist sei. Kein Wunder, dass die Waschbärchen auf der Suche nach neuen Futterquellen waren – und fündig geworden sind. Künftig machen den Hörnchen nicht nur die Mäuse den Inhalt der Box streitig.

Apropos Mäuse: Sie sind wieder da! Letztens sah ich eine zwischen den Beeten herumspringen und eine weitere saß prompt wieder in der Futterbox der Eichhörnchen. Also alles gut. Rocket und seine Familie haben keinen Schaden angerichtet, nur die Mäusepopulation stabil gehalten, damit sie nicht explodiert.

Gartenregel:
Ist der Fuchs aus dem Garten,
tanzen die Mäuse vor dem Haus.

Übrigens teilen sich Füchse manchmal den Bau mit einem Dachs. Wenn der Fuchsnachwuchs es zu bunt treibt, fühlt der Dachs sich allerdings oft gestört und zieht aus. Das wundert mich nicht. Neulich im Wald wurde ich von zwei Jungfüchsen beinahe über den Haufen gerannt. Ich sah nur zwei rote Fellknäuele auf mich zuschießen, die, als sie meiner ansichtig wurden, in einer Staubwolke bremsten, beidrehten und denselben Weg zurückjagten, den sie gekommen waren.
Ob Fuchs und Waschbär im selben Bau miteinander klarkämen? Wer da wohl zuerst ausziehen würde? Zumindest tobt beider Nachwuchs ungehemmt im Garten herum.

Schneckenplage

Schade, dass die Füchse keine Schnecken fressen. Die
sind in diesem Jahr eine rechte Plage. Sie lieben
Basilikum, Grasnelken, die großen Glockenblumen,
einige Hosta-Sorten und Astern. Meine ockerfarbenen
Herbstchrysanthemen, die eigentlich wüchsig und
raumgreifend sind, hatten sie im Mai so kahlgefressen,
dass nur noch eine Lücke im Beet übrigblieb. Ich bin
keine Freundin von Gift, aber diesmal musste ich zum
Schneckenkorn greifen, sonst wäre ich der Schädlinge
nicht mehr Herrin geworden. Jetzt im Juli wachsen
endlich Triebe nach. Ich bewache das junge Grün mit
Argusaugen und wehe, es zeigt sich eine Schnecke!
Die wandert gleich in die Mülltonne!

Klappe auf, Klappe zu

Ich habe den Futterkasten repariert. In den Beständen
meines Vaters fand sich ein stabiles Messingscharnier.
Allerdings hat es keine Feder. Wenn die Klappe der
Box zu weit geöffnet wird, schließt sie sich nicht
wieder selbsttätig. Das ist ungünstig, denn A-
Hörnchen findet, dass man viel leichter ans Futter
kommt, wenn man den Deckel ganz öffnet. Nur macht
er ihn anschließend nicht wieder zu, so dass es
hineinregnen kann und außerdem andere Tiere
leichten Zugang haben.

Heute Abend war es allerdings zu putzig. Nach A-Hörnchen kam C-Hörnchen. Ungestüm sprang es von oben auf den offenstehenden Deckel, der daraufhin samt Hörnchen zufiel. C-Hörnchen war sichtlich überrascht und wäre beinahe vom Flieder gefallen, fing sich im letzten Moment und landete halbwegs elegant auf der Plattform der Box. Ich musste so lachen, dass ich mir mit dem Tomatenmesser beinahe in den Finger geschnitten hätte.

Immerhin ist der Deckel jetzt wieder zu.

Aufdringlich und Anhänglich

Auch dieses Jahr geht es nicht ohne die Gesellschaft der Schwarz-Gelben ab. Aufdringlich und Anhänglich nenne ich sie für den Anfang. Winzig sind sie – kaum die Hälfte der letztjährigen Wespen, aber unglaublich scharf auf Cider. Das starke Zeug mit 6,8 Umdrehungen. Turnt sie voll an. Letztens konnten sie davon nicht genug bekommen. Zuerst liefen sie um den Flaschenhals herum und suchten beharrlich nach einer Öffnung, aber natürlich hatte ich den Deckel wieder aufgeschraubt. Also leckten sie die kleinen Tropfenlachen auf dem Tisch auf. Das brachte sie erst richtig auf den Geschmack. Sie nahmen Kurs auf mein Glas und kletterten so lange am Glasrand herum, bis sie in das begehrte Gesöff hineinfielen. Und dann

waren sie beschwipst. Sie schubsten sich gegenseitig und rollten ineinander verkeilt auf dem Tisch herum wie Filmcowboys bei einer Saloon-Schlägerei. Zwischendurch balancierte Anhänglich auf der abgerissenen Alulasche der Flasche und schwankte dabei gefährlich hin und her. Ich glaube, ich habe sie sogar schräg und unanständig singen hören.
So klein und schon der Sucht verfallen. Dabei ist noch nicht mal August.

Anhänglich ist überhaupt eine Freundin englischer Kost. Gestern Morgen knabberte sie hingebungsvoll und ausdauernd an den Resten meines Porridges. Okay, eigentlich lockte sie nur der Ahornsirup, den Rest hätte ich auch weglassen können. Das Mirabellengelee heute war ebenso willkommen. Hauptsache süß. Noch besser süß und alkoholisch. Von wegen Fleisch und Proteine für die Larven.

Amsel, Drossel, Fink und Star

Amseln, Meisen, Rotkehlchen, Spatzen, Spechte, Stare, Eichelhäher, Tauben und die Drossel haben Verstärkung bekommen. Familie Kleiber und Familie Grünfink. Außerdem einen Zaunkönig. Die Mönchsgrasmücken vom letzten Jahr sind auch wieder da. Nur brüten sie in diesem Jahr nicht in der

Kletterhortensie. Vielleicht sind es auch schon die Nachkommen. Drei Junge habe ich im letzten Jahr gezählt. Ich hoffe, sie haben alle überlebt.

Herr Amsel badet heute wieder ausgiebig. Seiner Frau gönnt er dieses Vergnügen allerdings nicht und jagt sie jedes Mal weg, wenn sie sich nähert. Wie ein Habicht beäugt er auf dem Brunnenrand hockend seine Frau, ob sie auch ja am Boden bleibt. Er ist eben ein Macho. Am Anfang lässt sich Frau Amsel einschüchtern, aber irgendwann bleibt sie stoisch auf dem Brunnen hocken. Da ist so viel Platz, der soll sich mal nicht so anstellen.
Sie kennt ihren Kerl gut genug. Der macht immer viel Lärm um nichts. Herr Amsel jagt sie mehrmals rund um den Brunnenrand, beruhigt sich aber jedes Mal, sobald sie sich ihm genau gegenüber im Sichtschutz der Brunnenfigur hält. Irgendwann wird ihm die Jagd, wie vorherzusehen, langweilig und sowieso ist er mit Baden fertig – also überlässt er den Brunnen endlich der Frau.

Frau Amsel badet wie ich in Nord- oder Ostsee. Vorsichtig erst mit einem Bein ins Wasser, dann mit dem anderen. Den Bauch befeuchten und hochhüpfen. *Iiih, ist das kalt!* Wieder mit dem Bauch ins Wasser, wieder hochhüpfen. *Iiih, immer noch kalt!* Beim dritten Mal ist ein gewisser Gewöhnungseffekt eingetreten. Sie wird mutiger und bespritzt sich mit ihren Flügeln,

bis sie ebenso hemmungslos im Brunnen
herumplanscht wie zuvor ihr Mann.

Grillfüchse

Mein Nachbar erzählte mir heute, dass die gesamte
Fuchsbagage bei ihm auf der Terrasse saß, einer der
Teenager direkt unter dem Grill in der Erwartung,
dass mein Nachbar diesen anwirft. Da waren sie aber
einen Tag zu früh dran. Das gemeinsame Grillen steigt
erst morgen. Ob Familie Fuchs dann auch erscheint
und am Tisch bettelt?

Ja, sie kamen. Zumindest Rocket. Mein Nachbar hat
allerdings eine wirkungsvolle Art entwickelt, die
verfressene Gesellschaft auf Abstand zu halten: Er
spritzt sie mit dem Schlauch nass. Das mag Rocket gar
nicht. Er näherte sich äußerst vorsichtig und checkte
erst mal, welche Menschen da so um den Tisch sitzen.
Mein Nachbar war gerade im Haus. Die perfekte
Gelegenheit. Rockets Blicke glitten zwischen Grill und
Tisch hin und her. Er entschied sich für den gedeckten
Tisch und steuerte schnurstracks auf uns zu. Zu
seinem Pech kam in diesem Moment mein Nachbar
wieder aus dem Haus und ergriff die Gartenspritze.
Rocket wich zurück und machte einen Katzenbuckel.
Er unternahm noch einmal einen halbherzigen Anlauf,

etwas Fressbares zu erbetteln oder zu erbeuten, doch als mein Nachbar die Wasserspritze ein wenig hob, trollte er sich.

Er kam später noch ein paar Mal wieder und das Spiel wiederholte sich. Schließlich gab er auf. Mein Nachbar war einfach zu wachsam. Wir Menschen hatten an diesem Abend entschieden mehr Spaß als der Fuchs.

Libellen auf Reisen

Wer sagt, dass Tiere nicht auch erlebnishungrig sind? Ewig derselbe Teich ist auf Dauer langweilig. Zumindest schien dies das Libellenpaar (große rote Libellen, vermutlich eine Art der Heidelibellen) gedacht zu haben, das Mitte August an der Station „Racheldiensthütte" im Nationalpark Bayrischer Wald in den Bus einstieg – ohne gültigen Fahrausweis. Nach einer kurzen Runde durch den Bus, was die Hälfte der Fahrgäste aufschreckte und die anderen amüsierte, machte es sich eine der beiden am Fenster gemütlich. Die andere wählte eine etwas erhöhte Aussichtsposition und klammerte sich an eine Handschlaufe. Sie genossen Fahrt und Aussicht und hockten immer noch an ihren Plätzen, als ich mehrere Stationen später ausstieg.

Wo die beiden den Bus wohl verlassen haben (falls der Fahrer sie nicht hinauskomplimentiert hat)?

Hoffentlich haben sie einen schönen neuen Teich gefunden.
Oder wollten sie einfach nur mal Bus fahren, weil sie gesehen haben, dass wir Menschen das tun, und ließen sich wieder zur Ausgangsstation kutschieren?
Wer von uns kann schon wissen, was in so einem Libellenköpfchen vor sich geht.

Es ist schon faszinierend, sie aus nächster Nähe zu beobachten. Eine Große Heidelibelle saß mal eine ganze Weile auf meinem nackten Oberschenkel. Die Facettenaugen von Libellen bestehen aus bis zu 30.000 Einzelaugen (nein, ich habe sie nicht gezählt, das habe ich nachgeschlagen) und ihre Flügelpaare können sie getrennt voneinander bewegen. Deshalb können sie abrupte Richtungswechsel vollziehen und in der Luft stehenbleiben. Nicht umsonst waren sie Inspiration für die Hubschrauber. So eine Großlibelle wirbelt selbst ordentlich die Luft auf, wenn sie abhebt, und drückt sich sogar ein Stück in den Untergrund – jedenfalls, wenn dieser so nachgiebig ist wie meine Haut. Da konnte ich richtig sehen und spüren, wie die Füße der Libelle sie eingedrückt haben.

Fix und Foxi

Am Tag meiner Rückkehr spielen Fix und Foxi im Garten. Die Jungfüchse haben meine reisebedingte Abwesenheit ausgenutzt und den Garten erobert. Besonders der kleine Apfelbaum, der nur etwa anderthalb Meter hoch ist, und das Ziergras darunter haben es ihnen angetan. Sie jagen sich durch die hohen Gräser, schubbern sich das Fell an den scharfen Rändern und tollen auf dem Rasen herum.

Fix entdeckt mein Keramikeichhörnchen, das genau in seiner Reichweite auf dem Terrassenmäuerchen steht. Er stupst es mit der Schnauze an und wirft es um. Jetzt wird es mir aber doch zu bunt. Ich gehe nach draußen und sage streng zu Fix: „Meine Gartendekoration lasst ihr bitte in Ruhe. Damit wird nicht herumgespielt."

Er schaut mich mit gesenktem Kopf an und lässt von dem Hörnchen ab, das bereits ein Ohr verloren hat. Zum Glück lässt sich das später wieder ankleben. Das runde orangefarbene Hörnchen mag ich nämlich sehr. Ich habe es vor Jahren auf der Landesgartenschau in Schwäbisch Gmünd erstanden und im Rucksack den ganzen Weg vom Bergpark zum Parkplatz unten in der Stadt geschleppt. Offenbar wollte Fix austesten, ob man es fressen kann. Inzwischen hat er sich zu Foxi gesellt und die beiden nehmen ihre Jagd durch die Gräser wieder auf.

Nach einer Weile haben sie dazu keine Lust mehr.
Foxi schnüffelt an den noch unreifen Äpfeln und
pflückt mit den Zähnen einen ab. Ich wusste gar nicht,
dass Füchse Äpfel fressen.
Tut Foxi auch nicht. Er legt ihn auf den Rasen und
pinkelt drauf.
Na toll! Vielen Dank auch, Foxi!
Hoffentlich wird das nicht zum neuen Sport der
beiden. Der Baum trägt ohnehin nur alle zwei Jahre
und meist sind die Äpfel angestochen oder
angefressen. In diesem Jahr zeichnet sich
ausnahmsweise eine richtig gute Ernte ab.
Wenn die Füchse mir keinen Strich durch die
Rechnung machen.

Nachtrag:
Fix und Foxi haben meine Äpfel in Ruhe gelassen und
ich hatte eine üppige Ernte. Ich musste sogar noch
Äpfel verschenken.

Dafür habe ich die Eichhörnchen im Verdacht, meine
Zierpflaumen geerntet zu haben. Der Baum hatte in
diesem Jahr ebenfalls zahlreiche Früchte. Die sind nur
etwa fingerkuppengroß und schmecken süß. Ich ernte
sie nicht, aber ich nasche gern eine, wenn ich am
Baum vorbeikomme.
Falls dann noch welche an den Zweigen hängen.
Kaum waren die Früchte reif, waren sie nämlich auch
gleich weg. In den Tagen zuvor hatte ich immer wieder

ein Hörnchen in den hinteren Teil des Gartens laufen sehen, was mich schon stutzig machte, weil sie sich da selten blicken lassen. Aber offenbar hatten die kleinen Diebe ein bestimmtes Ziel, auch wenn ich keinen von ihnen auf frischer Tat ertappt habe.

Also wieder nichts mit Pfläumchen.

Einbrecher

An einem der folgenden Abende höre ich auf der Kellertreppe ein Geräusch. Es klingt, als würde jemand die Treppe hinuntersteigen und hätte dabei versehentlich gegen das Geländer geschlagen. Vor Schreck sitze ich senkrecht im Sessel. „Einbrecher" ist mein erster Gedanke.

Jahre zuvor stieg nämlich ein damaliger Nachbar über das geöffnete Fenster der Bibliothek ein, als meine Eltern im Wohnzimmer fernsahen, und stahl den Ehering meiner Mutter nebst zwei weiteren, die sie in eine Schale gelegt hatte.

Ich gehe nach nebenan und öffne, ohne im Zimmer Licht zu machen, langsam das Fenster. Und wen sehe ich? Fix und Foxi, die in den Hortensien vor dem Kellerschacht herumturnen und mit dem Schwanz gegen das Geländer wedeln. Fix hat sich vor seinem Geschwister versteckt und blinzelt mich verdutzt an, als ich von oben auf ihn herabschaue. Foxi ist aufgesprungen und läuft auf dem Rasen hin und her. Besonders ängstlich wirken beide nicht. Vorsichtshalber verzieht sich Fix aber zu seinem Geschwister. Gemeinsam ist man schließlich stärker. Ich muss lachen. „Verflixte Bande", sage ich und kehre in meinen Sessel zurück.

Am nächsten Morgen finde ich meine Gartenlatschen auf dem Rasen. Ich hatte am Abend vergessen, sie reinzuholen. Die Überwachungskamera zeigt eindeutig Fix und Foxi am Werk. Sie lagen zu später Stunde einträchtig nebeneinander auf dem Rasen und jeder kaute auf einem Latschen herum. Das war die Retourkutsche, weil ich sie beim Versteck spielen gestört habe. Verflixte Bande, sage ich doch.

Baden mit Hindernissen

Herr Amsel badet bekanntlich zu jeder Jahreszeit, solange sich Wasser im Brunnen befindet und dieses nicht gefroren ist. Im Herbst steht er dagegen vor einer anderen Herausforderung: Im Wasser schwimmen lauter Platanenblätter. Das mag er nun gar nicht. Er hüpft auf dem Brunnenrand herum und betrachtet das Wasser mit sichtbarem Missfallen. Schließlich wagt er sich doch hinein, hüpft aber gleich wieder heraus. Nein, so geht das nicht. Blätter am Bauch stören und sind eklig.

Ja, kann ich verstehen, ich mag beim Schwimmen auch keine Algen an den Beinen.

Herr Amsel hüpft mürrisch hin und her, ehe er zur Tat schreitet. Mit dem Schnabel fischt er ein Blatt nach dem anderen aus dem Wasser und befördert es energisch über den Brunnenrand auf die Terrassenfliesen. Halbwegs zufrieden betrachtet er sein Werk und springt wieder ins Wasser. Nicht perfekt, aber viel besser. Noch ein bisschen geziert hin und her drehen und den besten Platz suchen, dann geht das übliche Geplansche los.

Ich bin amüsiert, aber auch beeindruckt. Das Blätterproblem hat er geschickt gelöst. Ob ich ihn anstellen kann, die Blätter von der Terrasse einzusammeln und in den Gartensack zu befördern, wenn ich ihm dafür frisches Wasser ohne Blätter im Brunnen verspreche?

Am Nachmittag kommt Rockets Frau Hinkemary. Sie hinkt schon lange, aber heute kann sie den rechten Hinterlauf gar nicht aufsetzen und humpelt auf drei Beinen durch den Garten. Doch sie hat sich damit arrangiert. Sie läuft ein paar Schritte und sucht sich auf dem Rasen ein gemütliches Plätzchen, um sich ein Weilchen niederzulassen. Zuerst liegt sie vor dem Beet mit Phlox, Hochstammrose und anderen Sommerblumen, von denen jetzt nur noch die

Herbstchrysanthemen blühen. (Ja, sie blühen trotz des Schneckenkahlfraßes. Ich muss zugeben, dass sie sogar besser aussehen, wenn sie nicht ganz so hoch sind, also verzeihe ich den Schnecken.) Mary gähnt, streckt sich ausgiebig und läuft ein Stück weiter zu den Obstbäumen. Neben dem kleinen Apfel stehen seit diesem Herbst zwei Säulenbirnen, die interessieren Mary aber nicht. Hängt sowieso nichts dran. Die Äpfel habe ich inzwischen geerntet und die Birnenbäumchen haben am alten Standort zusammen genau eine Birne getragen, die irgendwann verschwunden ist. Keine Ahnung, wer die geerntet hat. Ich war es jedenfalls nicht.

In der Nacht schleicht wieder der Waschbär ums Haus. Erst versucht er, in meinen Keller einzudringen. Als ihm das nicht gelingt, klettert er am Vogelhaus hoch und tut sich an den gehackten Erdnüssen gütlich. Und ich hatte Eichelhäher und Eichhörnchen im Verdacht! Beteiligt waren die zwar auch, aber jetzt weiß ich, wer sich holt, was am Abend noch übrig ist. Kein Wunder, dass ich jeden Tag nachfüllen muss. Der alte Herr ein paar Häuser weiter ist anscheinend wieder verreist.

Stuntreif

Heute Morgen steht die Klappe der Futterbox offen. Klar, es regnet ja auch. Gerade will ich rausgehen und sie schließen, da turnt D-Hörnchen an und springt von oben auf die Box.

Das geht doch wieder schief, denke ich noch, da klappt der Deckel auch schon zu und D-Hörnchen fällt kopfüber in die Box. Nur noch der Schwanz schaut heraus. Es dauert aber keine halbe Sekunde, da hat sie sich befreit und flitzt mit der ersten Walnuss davon, um einen sicheren Platz dafür zu suchen. Unsereiner hätte sich bei so einer stuntreifen Aktion die Wirbelsäule verrenkt, aber D-Hörnchen hat höchstens etwas verdutzt dreingeschaut. Beneidenswert.

Letztens hat A-Hörnchen den Deckel tatsächlich selbst geschlossen. Allerdings bezweifle ich, dass es eine zielgerichtete Handlung war. Er hat sich wohl nur festgehalten, um nach oben zu springen, und dabei ist die Klappe zugefallen.

E-Hörnchen hat inzwischen leider auch gelernt, die Klappe ganz zu öffnen. Schlechte Vorbilder und so. Er stupst so lange mit Kopf und Schultern dagegen, bis der Deckel offenstehen bleibt. Heute fehlte es ihm allerdings am nötigen Schwung. Also musste er wieder auf althergebrachte Weise vorgehen.

Ich bin immer froh, wenn die Klappe zubleibt. Gestern waren die Sonnenblumenkerne vom Regen wieder völlig durchnässt. Zum Glück fressen die Hörnchen sie so schnell auf, dass die Kerne keinen Schimmel ansetzen können.

An einem Frosttag war der Deckel mal wieder zugefroren. D-Hörnchen hat das Problem rasch gelöst. Sie nahm ihn zwischen die Zähne, um eine bessere Hebelwirkung zu haben, und – Krack – der Deckel war offen. So gesehen, ist es natürlich gar nicht dumm von A-Hörnchen, die Klappe offenzulassen.

Nikolaus

Heute ist der sechste Dezember. Traditionsgemäß soll man in der Nacht davor seine Schuhe vor die Tür stellen, damit der Nikolaus sie befüllt. Das habe ich lieber sein lassen, sonst hätten die Füchse noch gedacht, die Schuhe seien für sie.
Eigentlich müsste der Nikolaus von jeder Menge Füchse begleitet werden, habe ich mir überlegt. Denn Füchse lieben Schuhe und wo der heilige Nikolaus hingeht, gibt es jede Menge Schuhe. Ergo lieben Füchse den Nikolaus. Ob der Nikolaus auch Füchse liebt?

Scratch

C-Hörnchen hatte seine liebe Not mit einer Walnuss. Die ließ sich mit den Zähnen nicht so richtig packen. Prompt fiel sie ihm auf dem Gehweg der Nachbarn aus der Schnauze und rollte die Schräge hinunter. C-Hörnchen machte einen Satz und bekam die Nuss zu fassen, verlor sie aber gleich wieder und hechtete ein weiteres Mal hinterher. Danach drehte es die Nuss so lange, bis sie richtig festsaß. So ein bisschen fühlte ich mich an Urzeithörnchen Scratch aus „Ice Age" und seine Eichel erinnert.

Frauenpower

Oha, Rollentausch! Heute hat Frau Amsel IHN vom Brunnenrand vertrieben. Er kam kleinlaut zurück und schlich sich von der anderen Seite ins Wasser. Sie hackte noch einmal nach ihm, ließ ihn beim zweiten Anlauf jedoch gewähren. Das Brunnenbecken ist eben doch groß genug für zwei.

Bei den Füchsen gehen übrigens schon wieder die Paarungsspiele los – um halb zehn am Vormittag ungehemmt bei meinen Nachbarn auf dem Rasen. Noch ist es nur Geplänkel, aber bald wird es wohl wieder kleine Füchse geben, die scharf auf meine Schuhe sind.

Und wieder ist Weihnachten

Ein weiteres Jahr neigt sich dem Ende zu. Insgesamt drei Jahre habe ich die Wildtiere in meinem Garten nun beobachtet. Die Zeit ist schnell vergangen, muss ich sagen, aber das tut sie eigentlich immer – umso schneller, je älter man wird. Ob die Tiere dieses Phänomen auch kennen? Schade, dass ich sie nicht fragen kann. Ich würde sie gern so einiges fragen, aber da ich ihre Antworten nicht verstehen könnte, bleibt mir nur die Möglichkeit, aus ihrem Verhalten meine eigenen (nicht immer ernst gemeinten) Schlüsse zu ziehen. Ich hoffe, ihr hattet Spaß an diesem Büchlein und „meinen" Wildtieren. Habt ihr Lust bekommen, die Tiere in eurer Umgebung ebenfalls zu beobachten? Ich kann nur sagen: Es lohnt sich.

Jedenfalls wünsche ich mir, dass ich auch in Zukunft noch viele amüsante und bewegende Begegnungen mit Eichhörnchen, Füchsen und Co. erleben darf. Wer weiß, vielleicht gibt es irgendwann eine Fortsetzung der Gartengeschichten.

Danksagung

Ich bedanke mich herzlich bei meinen Testleserinnen und Testlesern Anja S., Rebecca, Kerstin, Anja C., Sabine, Axel, Ulrich, Helmut und Peter für ihre Korrekturen und Anmerkungen.

Prinz Rupi sei dafür gedankt, dass er mich auf die neuartige Möglichkeit, mittels KI Bilder aus Textvorgaben generieren zu lassen, aufmerksam gemacht hat. Es hat großen Spaß gemacht, mit der neuen Technik zu experimentieren.

Schließlich danke ich meiner Freundin Anja S. für ihre großartige Idee, die Bilder einer Kunstrichtung unterzuordnen und so eine Zusammengehörigkeit zu schaffen, die über die Verbindung zum Text hinausreicht.

Weitere Bücher der Autorin

<u>Inagi-Saga</u>

Kristalladern
Kristallblut
Kristallherz

<u>Nixenherz-Saga</u>

Nixenherz
Der gespaltene Prinz

Jagd auf den Seelenfänger (Spielbuch)

Inhalt